별일은 없고요?

별일은 없고요?

이주란 소설집

한겨레출판

차례

별일은 없고요?

여보세요?

몇 신데 전화야, 지금…….

어, 저기, 지금 아랫집에 불이 났어.

불?

어. 우리 집은 괜찮긴 한데 너무 무서워.

다행이네…….

아니…… 집은 괜찮은데 혼자 있기가 좀 그래서.

그래? 그럼 K에게 연락해봐.

나는 K에게 연락하지 않았다. 침대에 눕지 못하고 바닥
에 앉아 등을 벽에 기댄 채 눈을 감았다. 잠시 웅성거리던
말소리들이 잦아들었다. 모두 혼자이기 때문인지 한바탕
소란이 일던 다가구 주택은 아무 일도 없었다는 듯 고요해

졌다. 나는 아침이 올 때까지 그대로 기대어 앉아 이런저런 생각을 했다.

아무도 잠들지 않았던 걸까. 날이 서서히 밝을 무렵 밖에서 몇몇 말소리가 들렸다. 비로소 안심이 되었다. 고작 서너 시간일 텐데 너무나도 길게 느껴지는, 그런 밤이었다. 그 사람, 치매였던 것 같아요. 주인집 아주머니의 목소리를 들었고 처음 불이 난 것을 발견한 옆집 언니가 이제 어떡하지요, 하는 것을 들었다. 그에게 연락이 오면 헤어져야겠다고 생각했는데 며칠 동안 연락이 오지 않았다. 내가 하지 않았더니 그렇게 되었다. 얼마 후에 '왜 연락이 없냐'라는 문자가 왔고, 나는 답장하지 않았다. 그에게 중요한 게 뭔지 알았기 때문이다.

아랫집 아저씨의 방화가 있고부터 집에선 한숨도 자지 못했다. 며칠 회사에서 맥을 못 차리다가 결국 직장 동료의 집에서 신세를 지게 되었다. K에게 먼저 부탁해보았으나 '같이 사는 사람이 생겼어, 미안해'라는 대답을 들었다. '미안하긴, 괜찮아.' 나는 답장을 보냈다. 그렇게 얼마간 멍한 상태로 회사에 다녔다.

사직서를 쓰고 난 뒤 고향도 아닌 곳에 내려가 살고 있는 엄마에게 연락을 했다. 사직서를 낼 때는 상사로부터 번

거롭게 왜들 이러냐는 말을 들었고 후임자를 뽑아 인수인
계를 마무리할 때까지 주말마다 기차로 짐 가방을 두 개씩
옮겨댔다. 후임자는 밝고 쾌활해 보였으며 마치 원래부터
이곳에 있던 사람 같았다.

수연 씨는 그만두는데 저분은 뭐가 저렇게 좋은가 몰라.

누구라도 좋으면 좋죠.

수연 씨도 아쉽긴 하죠?

그럼요.

나는 사람들이 내가 말한 만큼만 나에 대해 안다고 생
각해왔다. 그런 면에서 동료는 나의 이런저런 사정을 꽤 많
이 아는 사람 중 하나였다. 마지막 짐을 옮기기까지 계속
직장 동료의 집에서 신세를 졌다.

마지막 날 밤 동료는 나에게, 그래도 저는 수연 씨가 부
럽네요, 라고 말했다. 나를 응원하려 한 말일 수도 있고 아
니면 그냥 별 뜻 없이 한 말인지는 모르겠으나 밖에서 보면
부러워 보일 수도 있는 모양이었다.

짐을 완전히 옮겨 오던 날엔 새벽에 일어났다. 아침 7시
22분 기차였다. 최대한 조용히 일어나 이부자리를 정리했
으나 결국 동료는 그 소리에 잠에서 깼다. 나는 그녀에게

그동안 고마웠다고 여러 번 인사를 했다.

여기 기타하고 수강권이에요.

기타까지 주시고 정말 고마워요.

제가 고맙죠. 어서 더 주무세요.

조심히 가고, 꼭 연락해요.

나는 약간의 돈과 함께 뭐라도 해보고자 미리 결제했던 두 달치 기타학원 수강권을 양도하고 그 집에서 나왔다.

영등포역엔 무언가를 기다리는 사람들과 아무것도 기다리지 않는 것만 같은 사람들이 있었다. 나는 전광판을 확인한 뒤 플랫폼으로 내려갔다. 멀리 기차가 들어오는 것이 보였고 나는 크게 심호흡을 했다. 호차 번호를 본 뒤 발걸음을 뗐을 때 주변 사람들이 동시에 한 걸음씩 물러섰고 기차는 플랫폼으로 완전히 진입했다.

양손에 짐 가방을 든 나를 보며 몇 사람이 입을 벙긋거렸다. 등산복 차림 아저씨가 손으로 내 코트 자락을 가리켰다. 나는 이어폰을 빼고 코트 자락을 내려다보았다. 거기 똥이요, 똥! 비둘기 똥이었다. 나는 그대로 기차에 올라탔고 자리를 찾아 짐을 내려둔 뒤에 코트를 벗었다. 세면대로 가 비둘기 똥을 닦아내는 동안 기차는 영등포역을 출발했다. 젖은 코트는 잘 접어 뚱뚱한 짐 가방 위에 올려두었다. 나

는 내려가기도 올라가기도 좋은 나라의 중앙에 위치한 역
에서 내릴 예정이다.

엄마는 역에 마중을 나와 있었다. 역 말고는 멀찍이 간
격을 두고 떨어져 있는 집 몇 채와 십자가만 하나 보이는,
고요한 풍경이었다. 리 단위였지만 세븐일레븐이 있었고
나는 익숙한 그 간판이 좋았다. 멀리 왔지만 너무 멀리 온
것은 아니야, 그런 생각을 했다.

진짜 조용하네.

그렇지.

나는 엄마의 원룸에 도착하자마자 코트를 빨았다. 그냥
세탁기에 넣고 빨아도 되는 낡은 코트였다. 엄마가 끓여주
는 된장찌개를 먹고 깊은 잠에 빠졌다.

눈을 뜨자 엄마가 휴대폰 사진첩을 보여주었다. 나였
다. 엄마는 재방송 드라마를 보다가 내가 입을 벌린 채 자
는 모습을 찍었다고 한다.

입 벌리고 자는 게 웃긴데 슬프더라.

지워줘.

그동안 고생했으니까 당분간은 좀 쉬어.

난 아무 말도 안 했는데 그런 말도 해주었다. 엄마의 말
에 나는 고분고분하게 고개를 끄덕였다. 나만 너무 쉽게 부

서진 것 같아서 미안한 마음이 들었다.

그날 밤 나는 숨죽여 울었다. 밤이었고, 엄마는 잠이 들었고, 나는 낮잠을 자고 저녁에 깨어난 뒤로 다시 잠들지 못하고 있었다. 숨죽였으나 5평짜리 원룸에서 울음소리를 감추기는 어려워 복잡한 마음이었다. 시간은 자정을 지나 2시를 넘겼고 엄마의 방엔 엄마와 방과 내가 있었는데 엄마의 코 고는 소리도 작고 방도 작고 나의 울음소리도 작은, 모든 것이 작은, 그런 밤이었다. 아랫집 아저씨의 방화가 내가 그간 해온 오랜 고민을 해결했다는 게 어쩐지 허탈한, 그런 밤.

잠을 설친 나는 아침에 출근하는 엄마를 배웅하고서 다시 잠에 빠져들었다. 그리고 오후 2시가 넘어 일어났다.

2시구나.

나는 말했다. 목도 마르지 않고 배도 고프지 않아 그냥 계속 누워 회사를 생각했다. 나는 이제 거기에 없고 여기에 있다…… 여기에 온 것은 나 자신이지만 어쩐지 내가 선택한 것이 아니라 회의를 통해 결정되어 이리로 보내진 느낌이었다. 금요일엔 송별회 같은 것을 하기로 했는데 아침부터 회사에 사고가 터졌고 어차피 그날 해결할 수는 없는 일이었지만 나는 다음에 해요, 저 다음에 꼭 놀러 올 거예요,

라며 나서서 회식을 취소했다. 내가 다시 여기 올 리가 없다는 것을, 모두가 알고 있지 않았을까.

몸을 반쯤 일으켜 가만히 방을 둘러본다. 원룸이고, 침대며 책상, 옷장이 모두 원래 있던 것이어서 몹시 낡았고 곰팡이 냄새가 진동했다. 빨래도 그냥 욕실 문 앞에 던져져 있었다. 나는 창문을 조금 열고 빨래를 모아 세탁기를 작동시킨 뒤 커피를 마시려고 물을 끓였다. 투명한 유리 주전자에서 물이 끓었고 나는 끓는 물을 오래 바라보았다. 투명하고 동그란 물방울들이 나타났다가 톡톡 터지며 사라져버렸다.

창문 아래로 점심 장사를 끝낸 옆 건물 일층 사람들이 분주하게 움직이는 것이 보였다. 옆 건물 일층은 중국 음식점이었다. 음식점 안에선 보이지 않을, 해물을 해동하거나 양파를 다듬는 모습을 나는 엄마의 방에서 바라보았다. 텔레비전을 틀어놓았지만 보지 않았고 방을 대충 청소한 뒤엔 괜히 냉장고를 한번 열어보았다. 성에가 잔뜩 끼어 있었다.

오늘 늦었네.

저녁까지 하고 오느라고.

퇴근을 한 엄마와 동네 산책을 나갔다. 씻지 않은 채로 나가기는 꺼려졌지만 씻기가 싫었다. 작은 시골 동네여서 8시밖에 안 되었는데도 식당을 제외한 거의 모든 상점의

문이 닫혀 있었다. 며칠 전이라면 내가 퇴근을 하고 집에 도착하는 시간이다. 미성패션과 진미짬뽕의 문 앞엔 '건강상의 이유로 당분간 쉽니다'라는 안내문이 걸려 있었고 역사가 깊어 보이는 약초방 문 앞엔 '인수하실 분 연락 주세요'라는 안내문이 걸려 있었다. 엄마는 신협 옆 건물 일층에 있는 작은 상점 앞에 멈춰 섰다.

이 집이 있어서 좋아.

우리는 그 앞에 서서 투명한 유리창 안에 진열된 물건들을 보았다. 레이스가 달린 극세사 소재 잠옷과 수입 그릇, 실내용 슬리퍼, 기린 모양 장식품 등이 있었다. 모두 예쁜 물건들이었다. 거리는 밝지 않았고 엄마는 거의 유리창에 이마를 맞붙이고 물건들을 구경했다.

물건 보시게요?

주인이었다. 주인은 저녁을 먹으러 집에 다녀왔다고 말하며 상점 문을 열었다. 우리는 무언가를 살 생각은 없었지만 주춤하다가 안으로 들어갔다. 비둘기색 니트를 입은 주인은 안 사도 좋다며 요즘은 구경하는 사람도 없다고, 와줘서 고맙다고 말했다.

처음 보는데, 이사 오셨어요?

주인은 단박에 엄마에게 말했다.

어떻게 아셨어요?

엄마가 말했다. 나는 엄마가 주인에게 우리의 정보를 말하는 것이 싫었지만 엄마는 개의치 않는 듯했다.

여긴 대부분 다 얼굴을 아니까요.

엄마는 극세사 소재 잠옷을 내 몸에 대보며 사주겠다고 말했다. 나는 그 잠옷이 마음에 들었지만 가격표를 보고 마음을 접었다.

이거 정말 예쁘고 편해요. 따님이 해산하고 오셨나 보다.

주인이 말했다. 나는 예상치 못한 주인의 말을 부정하지 못했고 복잡한 심경이 되어 잠옷을 보는 둥 마는 둥 했다. 엄마는 잠옷을 만지작거리다가 색색의 커피잔 세트로 관심을 옮겼다. 나는 내가 해산을 하지 않았다는 것을 부정하면 찾아올 분위기가 걱정되었으나 잠옷이 마음에 든 바람에 다시 추켜들어 몸에 대보았다. 엄마는 만 원을 깎아서 그 잠옷을 샀다.

집에 돌아와 잠옷을 입어보았는데 아무리 잘 때만 입는다지만 내게 어울리지가 않았다.

엄마 혼자 갔다 와줘.

엄마는 다시 그 집으로 가 잠옷과 함께 8만 원을 더 내고 색색의 커피잔 세트를 가져왔다. 원래는 따님에게 잘 맞

앉을 텐데 해산하고 나면 몸이 부어 불편할 수 있다고, 주인이 말했다고 한다.

　나 이제 앞으로 거기 어떻게 가.

　…….

　근데 그 커피잔 정말 예쁘다.

　그치. 너 무슨 색 할래?

　그날 밤엔 해산이라는 것과 나와의 관계를 생각하다가 잠들었다. 비슷한 오해를 받은 적이 좀 있어서 크게 놀란 건 아니었지만, 그래도, 나를 왜……. 잊자는 쪽으로 결론이 났다. 해산(解産)이라면 엄마가 예전에 해본 적이 있고, 해산(解散)이라면 내가 늘 하고 사니까.

　그렇게 몇 주 동안은 마음이 편했다. 전보다 덜 먹었고 덜 울었고 더 잤다. 이젠 단골 바에 앉아 노르웨이 기차 영상을 보는 대신 근처 카페로 간다. 맥주와 커피를 파는 카페인데 거길 가면 기차가 다니는 것을 볼 수 있다. 카페에서 그림을 그리다가 엄마에게 연락을 해보았다.

　혹시 엄마 일하는 데 가도 돼?

　나는 30분 정도 걸어서 엄마가 일하는 공장엘 갔다. 엄마는 직원들의 식사를 준비하고 있었다. 무를 썰어 스테인

리스 볼에 담는데 단정하게 잘린 무들이 달그락달그락 소리를 내는 것이 좋았다.

있는 재료로 그냥 하는 거야. 점심은 무조건 한식.

12시쯤 되자 직원들이 하나둘 식당으로 들어왔다. 외국인들이었다. 나는 엄마 옆에 서 있다가 엉거주춤하게 고개를 숙여가며 그들에게 인사를 했다. 엄마는 직원들에게 일일이 나를 소개했는데 딸, 딸, 한 단어뿐이지만 어쩐지 조금 자랑스러워하는 표정이어서 미안하고 고마운 마음이 들었다. 사장은 마흔둘의 한국인으로 인상이 좋아 보였다.

아주 내려온 거예요?

정해진 건 없고요, 그림 그리는 일 해요.

엄마가 사장에게 말했고, 사장은 잘못 들었는지 글을 쓰는 것은 대단하고 어려운 일이라고 말했다. 직원들이 밥을 다 먹고 나가는 것을 보고 나서 엄마와 점심을 먹었다. 장소가 낯설고 어색했지만 맛있었다. 그 후로 종종 엄마의 공장엘 갔고 가끔은 심부름도 하게 되었다.

올 때 철물점에서 주는 물건만 받아 오면 돼.

감기 기운이 조금 있는지 컨디션이 좋지 않아 집에 머물 생각이었는데 엄마에게 메시지가 왔다. 나는 알았다고 답장을 보낸 뒤에 옷을 입고 철물점엘 갔다. 철물점 주인은 오래전 텔레비전 다큐멘터리 프로그램에 출연한 적이 있는 할아버지였다. 가게 한쪽에는 오래된 책이 잔뜩 쌓여 있어서 헌책방 같아 보이기도 했다.

이제 나는 고독을 좀 즐기고 싶거든.

무겁지 않은 검은 봉지 하나를 내게 건네주며 주인 할아버지가 옆에 있던 할아버지에게 말했다.

자네 때문에 그게 불가능해.

옆에 있던 할아버지는 그저 웃고 있었다.

노새는 사교적인 성격이라서 친구가 꼭 있어야 되거든.

주인 할아버지가 이번엔 나를 향해 말했다. 옆에 있던 할아버지는 여전히 웃고 있었다.

차가운 바람을 맞으면서 30분을 걸어 공장엘 갔다. 바람엔 양을 지키는 한 마리 늙은 노새에게서 날 것 같은 냄새가 조금 섞여 있었다.

안녕하세요.

사장에게 인사를 했고,

네, 안녕하세요.

사장도 웃으며 내게 인사했다. 이 정도 사이라서 가질 수 있는 친절한 분위기가 좋았다. 나는 엄마에게 철물점에서 받아 온 물건을 주었다. 엄마는 그걸 책상 위에 올려두었고 곧 사무실로 들어온 반장이라는 남자가 받아 갔다. 엄마가 직원들의 식사를 준비하려고 식당으로 갈 때였다. 오늘 손님이 네 명 오는데 괜찮을까요. 사장이 물었고 엄마는 있는 걸로 어떻게 해보지요, 라고 말했다. 엄마는 주방으로 가 냉장고와 냉동실을 열어보고서 잠시 고민하더니 기숙사 직원들의 냉장고를 열었다. 그리고 거기서 닭 두 마리를 꺼냈다.

기숙사에 사는 직원들은 모두 다른 나라에서 온 사람들인데 주말엔 알아서 식사를 해결해야 했다. 평일엔 한국 식단으로 밥을 주니까 주말엔 고국의 음식을 직접 해 먹으며 즐거워한다는데 엄마 말로는 대부분 돼지고기나 닭고기에 각종 채소를 함께 끓인 뒤 고수 등을 넣어 먹는 것 같다고 한다. 공장 직원들은 거의 태국이나 필리핀 출신이었고 그래서 근처 마트 두 곳엔 수입 향신료와 음식 재료를 파는 코너가 따로 있었다.

손님과 직원들이 점심을 먹고 돌아갈 무렵 엄마는 마지막으로 나가던 반장을 불러 냉장고를 가리켰다. 문을 두어 번 여는 척을 한 뒤 닭다리를 뜯는 시늉을 하며 말했다.

이거, 닭. 닭, 썼어. 먹었어.

중국인이라는 반장은 엄마가 여러 번 같은 말을 반복하

는 것을 듣다가 고개를 끄덕이며 대답했다.

응, 응. 괜찮아, 괜찮아.

엄마가 일하는 공장엔 모두 16명의 외국인이 있는데 반장만 조금이나마 한국어를 할 줄 안다고 한다. 다른 직원들은 한국어를 전혀 할 줄 모른다는데 그래도 저런 전문적인 일을 잘만 한다고 엄마가 엄지손가락을 치켜들며 이야기한 적이 있다.

설거지를 마치고 집엘 가려고 하는데 엄마가 뽀얀 겨자색 생강 한 쪽을 주면서 국산 생강이니까 가져가라고 말했다. 국산도 국산인데 생강 한 쪽을 어디다가 쓰려는 건지 모르겠지만 얌전히 받아 들고 공장을 나왔다. 레몬생강청을 만들어 차로 마셔야겠다 싶어 레몬을 사야지 마음먹었는데 딴생각을 하느라 레몬을 사지 못하고 집에 돌아왔다.

그날 저녁 엄마가 물었다.

네가 한국어를 좀 가르쳐주지 않을래?

으응?

사장의 제안이라고 한다. 용돈 정도일 테지만 월급도 좀 준다고 했다. 열 명이 넘는 사람들 모두를 가르칠 순 없으니까 국적별로 한 명씩, 일단 세 명만 가르쳐달라고.

며칠 동안 감기몸살로 끙끙 앓았다. 그사이 엄마는 하루에도 몇 번씩 생강 한 쪽으로 생강차를 만들어준다고 했지만 나는 엄마 올 때 레몬 좀 사다 줘, 라며 거절했고 엄마는 알았다더니 며칠째 깜빡했다며 다시 생강차를 권하곤 했다.

엄마, 왜 그리 깜빡깜빡해.

나는 엄마의 귓불에 주름이 있는 것은 아닌가 가만히 살펴보았고, 다음 날 기운이 좀 나는 것 같아 레몬을 사러 나갔다.

돌아오는 길에 K로부터 잘 지내냐는 메시지가 왔다. 나는 잘 지낸다고 답장을 보냈고 K는 이번 주말에 놀러 가도 되느냐고 물어왔다. 나는 딱히 볼 것은 없겠지만 일단 오라고 했다.

널 보러 가는 거지.

K가 메시지를 보냈고 나는 가보지는 않았지만 역 근처에 시설이 아주 좋고 저렴한 호텔이 있다고 답장을 보냈다.

주말에 내려온 K는 혼자가 아니었다. 오다가 휴게소에서 점심을 먹었다고 해서 뭘 하면 좋을까 하다가 성당엘 갔다. 오래된 느티나무가 있는, 역시 오래된 성당이었다.

우리도 나중에 이런 데서 결혼할까?

K가 같이 온 남자에게 말했고 남자는 웃었다. 우리는 성당을 둘러보았다. 사무실로 보이는 한옥과 5, 60년대 건축양식으로 보이는 성당 건물과 사제관 그리고 빨간 벤치가 있었다. 너무 아름다워서 그냥 계속 보고 있게 되었다.

마리아상 옆으로 초를 켜 넣어둘 수 있는 공간이 있었는데 망설이다가 하진 않았다. 빌고 싶은 소원이 떠오르지 않았다. K는 난 소원이 많지만 현금이 없어, 라며 초를 켜지 않았고 남자는 초는 무슨 초, 라고 말했다. 30년 전통의 수육집에서 저녁을 먹었고 내가 계산을 했다. K는 어쩐지 서둘러 서울로 올라갔다.

무슨 일 있었어?

엄마가 물었고 나는 아무 일도 없었다고 대답했다. 사다 두고 며칠이 지난 레몬을 씻으려고 식초와 베이킹소다를 꺼냈다. 이번에 베이킹소다를 쓰고 나면 또 쓸 일이 있을까 싶지만 레몬과 함께 구입했다. 엄마는 단순하게 살 거라며 짐을 늘리지 말자고 했으나 나는 말을 듣지 않았다. 식초에 담가두었던 레몬을 베이킹소다로 문지르자 레몬 껍질의 느낌이 달라지기 시작했다. 껍질이 점점 매끄러워지는 것을 느끼면서 나는 더욱 열심히 레몬을 문질렀고 그사이 끓은 물에 유리병을 넣었다. 유리병을 꺼낸 뒤엔 레몬도

별일은 없고요?

데치듯이 헹구었다. 레몬 향이 엄마의 작은 방을 채웠고 나는 레몬이 익는 것은 아닌가 놀라 얼른 꺼냈다. 겉이 따끈해진 레몬을 썰고 국산 생강도 썰었다. 마침내, 라고 나는 생각했다. 유리병의 물기는 금방 말랐고 나는 레몬과 생강과 설탕으로 차곡차곡 유리병을 채웠다. 정성에 비해 생각보다 양이 너무 적은 걸 보니 조금 웃겼다. 나는 오래되어 성능이 별로인 냉장고에 적은 양의 레몬생강청이 담긴 유리병을 넣고 뻗어버렸다.

엄마, 여기 방바닥에 왜 이렇게 칼자국이 많지?

이사 가고 나서 철수세미로 청소한 흔적 아닐까.

철수세미? 원래 바닥을 철수세미로 닦나?

깔끔한 사람이 열심히 했나 보지.

여기서 누가 죽은 거 아닐까. 월세도 싸잖아.

새집이어도, 아무튼 언젠가 그 방에서도 누군가는 죽을 수 있어.

나는 순간 오래전 그 방을 떠올렸다. 잊고 싶지만 잊을 수 없는 기억이 있고 잊고 싶지 않지만 잊혀지는, 그런 기억이 있다. 기억이라는 건 자꾸만 기억하고 말을 해야 한다고 생각한다. 매순간 기억하며 살 수는 없겠지만, 그렇지만 그게 누군가의 죽음이어도 되는 건지, 나는 그건 좀 싫었다.

이제 화요일마다 엄마와 함께 출근하게 되었다. 어렵게 할 필요 없이 일단 유치원 정도 수준이면 된다고 사장이 말했다. 말하자면 가르친다기보다는 그냥 같이 얘기하고 '각종 말'을 들려주면 된다며 마음을 편히 가지라는 것이었다. 각종 말이라는 표현이 재미있다고 나는 생각했다. 물론 두려움이 없지는 않았는데 그렇다고 거절할 마음까진 들지 않았다.

첫날엔 사무실 한쪽에 마련된 자리에서 그들과 아침 인사를 하고 자기소개를 했다. 다들 인사 정도는 알고 있었는데, 다음이 문제였다. 나부터도 그들의 이름조차 알아듣질 못했다. 모든 것이 중간쯤의 발음이었다. 내가 응? 허블랑? 하며 좀 버벅거리자 사장은 웃으면서 수연 씨, 뭐라고 하시는 거예요, 라고 말했다.

아무튼 정신없는 첫 시간이 갔다. 공장 직원들과 섞여 점심을 먹고 집엘 가려는데 엄마가 심부름을 시켰다. 철물점에 들러 세금계산서를 받아두고 새마을금고에 가서 통장을 하나 만들라고 했다. 그즈음 나는 공장의 소소한 심부름을 전보다 자주 하게 되었는데 나로서는 즐거운 일이기도 했다. 사장은 하나의 사업으로 시작해 그것과 관련된 사업으로까지 확장하는 중이라서 늘 바빴고 엄마도 걸어서 철물점에 다녀오기엔 시간이 애매한 데다 나머지는 전부 외국인이라서 내가 꽤나 도움이 되었던 것이다.

미세먼지가 심해 마스크를 단단히 착용한 뒤 공장을 나섰다. 공장과 철물점의 중간에 기차역이 있었다. 낮이라 사람의 왕래가 거의 없는 작은 역. 나는 그 앞에 잠시 서서 마침 지나가는 기차 소리를 들었다.

새마을금고에선 통장을 만들 수 없었다. 이곳으로 전입 신고가 되어 있지 않아서였다.

대포 통장은 아니시겠지만요, 아무튼 어렵겠습니다.

직원이 말했고 나는 철물점으로 갔다. 문 앞엔 누군가의 죽음을 알리는 한자가 적힌 종이가 바람에 날리고 있었다. 혹시 노새 할아버지가 친구를 잃은 걸까 걱정하며 집으로 돌아왔다.

왜인지 가라앉은 마음으로 며칠을 보냈고, 저녁에 엄마와 복권방에서 만나기로 했다. 우리는 목요일마다 동네 복권방엘 간다. 언젠가 목요일에 로또를 사야 잘된다는 말을 들은 적이 있다. 거짓말이었는지 모르겠다. 아무도 당첨된 적이 없으니까.

오늘 바빠서 커피도 한잔 못 마셨다.

엄마는 서비스로 비치된 믹스커피를 마시고 있었다.

뜨거운데 맛있다.

엄마가 말했다. 우리는 로또와 즉석복권을 구입한 다음 집으로 돌아왔다. 돌아오는 길엔 오래전 문을 닫은 문구점 앞을 지났다. 엄마가 매번 들르는 곳이다. 문구점 맞은편엔 슬레이트로 막아놓은 벽 같은 것이 있는데 그 너머에 고양이 두 마리가 살고 있었다. 집에서 키우는 것 같기도 하고 아닌 것 같기도 했다. 엄마는 그 앞에 쪼그리고 앉았다.

나비야, 나비야.

엄마는 나올 때까지 고양이들을 불렀다. 마침내 고양이들이 얼굴을 드러내자 예쁘다고 칭찬을 해주었다. 나는 그 자리에 서서 엄마와 고양이 두 마리의 머리가 서로 맞대어 있는 것을 보았다.

데려가서 키우고 싶다.

그렇다고 한다. 집으로 돌아오는 길엔 누군가를 예뻐하고 같이 살고 싶어 하는 엄마의 마음을 가만히 생각하며 걸었다. 라면을 끓여 저녁을 먹고 누워 있다가 얼려둔 감과 함께 오랜만에 술을 마시기로 했다.

냉동실에서 감을 꺼내두고 청하를 마셨다. 엄마는 내게 철물점 할아버지의 급작스러운 죽음에 대해 말해주었다.

사장이 장례식에서 전해 듣기로는 아무래도 서울에 사는 손자가 내려와 철물점을 이어받게 될 것 같다고 했다. 억지로 그런 것은 아니고, 손자가 원했다는 이야기였다. 얼었던 감은 손을 대지 않아 모양 그대로 녹아가고 있었다.

어쩌면 그런 일이 있을까.

한참 후에 엄마는 다 녹은 감을 숟가락으로 떠먹었다.

엄마, 방이 좁은데 내가 와서 안 답답해?

아직은.

다행이라고, 나는 생각했다. 서울에서 짐을 정리할 때 버릴 것을 정하기가 너무 어려웠다. '버릴 거 말고, 남길 걸 정해야지. 그럼 쉽지.' 엄마의 메시지에 나는 남길 것들을 골랐는데, 막상 남길 것들은 생각보다 많지 않았다.

여기서 우리는 둘이었으나 밥그릇 세 개, 수저 세 벌뿐이다. 식사 후에는 늘 바로 설거지를 해둬야 했지만 더 사지 않기로 했다. 가끔 피곤해서 설거지가 안 되어 있을 때는 다섯 개 세트인 커피잔이나 컵 받침을 그릇인 양 접시인 양 쓰면 되었다.

나는 겨울 동안 다른 나라에서 온 사람들과 계속 대화를 나눴다. 우리는 사무실에서 사무실 이야기를 했고 그다음엔 식당에서 식당 이야기를 했고 그다음엔 앞마당에 가서 앞마당 이야기를 했다. 그러다 그들이 사장의 차를 타고 고국 음식을 해 먹기 위한 재료를 사러 마트에 갈 때 따라간 적도 있었다. 그들은 물건을 고르고 계산할 줄은 알았지만 아주 가끔만 나갔기 때문에 필요한 것을 사고 얼른 돌아오곤 했는데 그날은 이것저것 꼼꼼히 둘러보고 구경했다. 옷을 파는 곳이 마땅치 않아 다음엔 조치원이나 청주로 나가자고, 그런 얘기도 했다. 나는 그건 좀 귀찮았지만 엄마가 같이 한번 가자고 말해서 알았다고 했다. 실은 나도 좀 살게 있고. 엄마가 슬쩍 말했다. 사장은 엄마의 음식이 정말 맛있다면서 이젠 밖에서 사 먹기가 싫다고 했다.

명절 같지 않은 명절이 지나고 봄 날씨가 며칠 이어졌다. 화요일이라 엄마와 같이 출근했는데 사무실에 아무도 없었다. 주문이 너무 밀려 30분도 채 시간을 내기가 힘들다고, 오늘은 수업을 하지 못할 것 같은데 미리 말하지 못해서 미안하다고 사장이 말했다. 주말 내내 일했는데 오늘도 새벽 6시부터 공장에 나왔다는 것이었다. 나는 알겠다고 하고 온 김에 엄마를 도우러 식당으로 갔다. 엄마는 텅 빈 냉장고 앞에서, 뭐가 다 없어졌는데, 하고 말했다.

그럼 오늘 뭐 할 게 없는데.

엄마는 생각에 잠겼고 그때 태국인인 아차가 뛰어 들어와 냉장고를 여는 시늉을 하며 엄마에게 말했다.

닭, 먹었어, 어제, 닭.

엄마는 미안한 표정의 아차에게 말했다.

응, 괜찮아. 다 먹어.

내가 얼른 마트에 다녀와야 했다. 밖엔 눈이 내리고 있었다. 우산을 쓸 정도였으나 귀찮아서 잠시 고민하며 그 자리에 서 있는데 엄마가 뛰어나왔다.

그냥 있는 걸로 하자! 들어와!

엄마는 중국인 반장이 명절 연휴를 앞두고 손을 다쳐 일을 못 하게 된 김에 고향에 다녀오면서 사 온 포두부를 꺼냈다.

포두부가 뭐지.

좀 낯설지만 아무튼 두부니까.

그치? 이걸 어떻게 하면 될 텐데.

엄마가 검색을 좀 해보라고 해서 인터넷에 포두부 요리법을 쳐봤다. 자신이 없는데, 중얼거리면서 엄마는 골똘히 휴대폰 화면을 바라보았다. 그러다가 포두부를 썰어 데친 다음에 손질한 채소들을 털어 넣고 굴소스를 떨어뜨려 단숨에 볶았다.

엄마, 대부분 빨갛게 무친 것 같은데?

몰라요, 몰라. 맛없으면 남기겠지요.

엄마는 말에 멜로디를 넣어 흥얼거렸다. 이제 밥솥 두 개에 밥을 하고 국도 끓여야 했다. 나는 얼른 쌀을 씻었다. 식사 시간에 반장이 포두부를 맛있게 먹어서 엄마는 기분이 좋아 보였다. 나는 설거지를 하고 기차역을 지나 집으로 돌아왔다. 오랜 친구들에게 가끔 연락이 오면 나는 조만간 한번 올라가겠다고 답장을 하곤 한다.

재섭 씨를 처음 본 건 붓을 닮은 목련 꽃눈이 하나둘 번져갈 때였다. 심부름으로 오랜만에 철물점에 갔더니 재섭 씨가 있었다.

수연 씨죠?

네?

맞죠?

나는 대답을 하지 않고 그냥 있었다. 재섭 씨는 목장갑만 바로 찾았고 다른 부품들은 찾느라 한참이 걸렸다.

죄송해요. 초보거든요.

사다리에 올라가 내 쪽을 돌아보며 말했다.

괜찮아요.

그제야 나는 한마디를 했다.

별일은 없고요?

무거우실 텐데 안녕히 가세요.

안녕히 계세요.

무거워도 어쩔 도리가 없으므로 나는 재섭 씨가 두 장씩 겹쳐 넣어준 검정 봉지를 받아 들고 철물점을 나왔다. 집에 두면 내일 엄마가 출근길에 차로 가지고 가면 된다. 아무리 시골 동네라도 어떻게 내 이름까지 아는지는 모르겠는데, 사장하고 철물점이 워낙 막역한 사이니까 걱정할 건 아니야, 생각했다.

돌아오는 주말에 K가 다시 찾아왔다.

말도 없이 어쩐 일이야?

나 이번엔 기차 타고 왔어. 너무 좋더라.

영등포역에서 비둘기 똥을 맞진 않았지?

푸하하하하하.

K는 혼자였다. 배가 몹시 고프다고 해서 역 근처 식당으로 갔다. 엄마와 종종 가는 곳이었다. 식당엔 태국인 직원 한 명과 손님으로 중년 남성 두 명이 있었다. 뼈다귀해장국을 두 개 주문하고 중년 남성 둘과 멀찍이 떨어진 곳에 자리를 잡았다. 음식은 천천히 나왔고, 음식이 나오고 나서 우리는 소주를 한 병 주문했다.

뉴질랜드에 다녀왔어.

K는 단숨에 소주 한 잔을 입에 털어 넣었다.

적응이 안 돼서 역주행을 몇 번 했지.

역주행?

하지만 살아 돌아왔네.

K는 살아 돌아왔고, 한국에 와서는 다시 적응이 안 돼서 또 역주행을 몇 번 했노라고 말했다. 아무튼 이젠 모든 것이 제자리로 돌아왔다고. 나는 역주행과 K의 공통점이 떠올라 혼자 웃었다.

우리 여기서 같이 학원 차릴까?

갑자기?

내가 영어 가르치고 니가 국어 가르치고.

내가 국어를?

너 초등학교 때 최우수상도 받았잖아.

잊어줘.

아닌 게 아니라 초등학생 시절의 나는 독후감 대회에서 받은 상장의 '우수상'이라는 글자 앞에 '최'라는 글자를 삽입한 적이 있다. 물론 엄마를 속이기 위해 진짜처럼 꾸민 것은 아니고 연필로 장난을 친 것이었다. 아주 오래된 친구인 데다 기억력까지 좋은 K. 지난날들을 속일 수가 없다. 아무튼 K가 정말 내려올 일은 없기 때문에 그 얘긴 그쯤에서 멈추었다.

금세 한 병을 다 마시고 다시 한 병을 주문했을 때 중년 남성 둘이 자리에서 일어났다. 그들은 직원에게 너 어디서 왔어? 혼자 왔어? 현금영수증 할 줄 알아? 알 리가 없지, 그런 식의 말들을 내뱉었다. 둘 다 그런 건 아니고 한 명이 그랬다. 직원은 대꾸 없이 그저 거스름돈을 꺼내고 있을 뿐이었다.

한국어를 알면 좋을 텐데.

내가 말하자 K가 좀 크게 말했다.

알든 모르든 왜 반말이야?

중년 남성 둘과 직원은 K를 바라보았고 K는 일어서서 카운터 쪽을 쳐다보며 뭘 봐요? 소리쳤다. 싸움이 날 것 같아 긴장하면서 어떻게 대처해야 할지 머리를 굴렸다.

뭐라고?

직원에게 반말하던 사람이 소리치자 다른 한 명이 아이고, 죄송합니다, 하면서 반말하던 사람을 문밖으로 이끌었다. 그는 이끌려 나가는 듯하더니 카운터 앞에 서서 믹스커피를 뽑았고 마침내 식당을 나갔다. K는 아무 일도 없었다는 듯이 자리에 앉았다.

국어까진 아니더라도 한국어학당 같은 걸 해볼까?

내가 말하자 K가 〈봉숭아학당〉같이 될 것 같아, 라고 말했다. 밥과 술을 다 먹은 뒤엔 지난번에 갔던 성당으로 산책을 갔다. 오늘은 현금인지 헌금인지를 챙겨 왔다면서 K가 앞장을 섰다. 또 기도할 것이 있구나, 나는 K의 그런 점이 좋았다.

오늘은 나도 초를 켜고 싶어.

정말?

응. 돈 좀 줘봐.

나는 현금이 없었고, K는 내게 지폐를 몇 장 건넸다. 우리는 오래되어 보이는 검은색 상자에 돈을 넣고 초에 불을 붙였다. 그리고 가만히 눈을 감았다. 아무 소리도 들리지 않았고 이따금 새소리만 들려왔다. 대단한 소원은 아니었고 달라지는 나 자신을 알아가기를, 나끼리 매일 싸우지 않기를, 싸웠다면 화해하기를 빌었다. 차례로 눈을 뜬 우리는 별말 없이 조금 더 머물다가 성당 가운데에 있는 느티나무를 배경으로 사진을 몇 장 찍었다. 볕이 좋았다.

엄마랑 오늘 술 담그기로 했는데 같이 갈래?

담가서 좀 가져가도 돼?

당연하지.

아니다. 다음에 또 와서 같이 먹는 게 좋겠다!

그러면 너무 좋고.

가끔 서울 와?

아직까진 한 번도 안 갔어.

오면 우리 집에서 자.

아무래도 헤어진 것 같은데 말하고 싶을 때 하겠지 싶어 모른 체했다. K와 나는 마트에 들러서 사과와 과실주용 소주를 샀다.

무거우실 텐데 좀 들어드릴까요?

돌아보니 재섭 씨가 있었다. K가 나와 재섭 씨를 번갈아 바라보았다. 가는 길이라서, 재섭 씨가 말했고 나는 잠시 망설이다가 소주 든 손을 재섭 씨 쪽으로 뻗었다.

아뇨, 사과를 들어드릴까 했는데요.

재섭 씨의 말에 K가 웃었다.

농담인데 안 웃으시네.

재섭 씨는 내가 든 과실주용 소주를 받아 들었다.

딱딱한 수연 씨.

재섭 씨가 말을 덧붙이며 들고 있던 장바구니를 내 손에 쥐여주었다. 무엇이 들었는지 사과보다 가벼운 것 같아서 K에게 사과를 달라고 했다. K가 괜찮다고 말했지만 그래도 먼 길 내려온 손님이었다. K는 내게 사과를 내어준 뒤에 자연스럽게 재섭 씨의 장바구니를 들었다. 집 앞까지 가기는 좀 그래서 이제 괜찮다고 할까 싶을 때 재섭 씨가 말했다.

무거우실 텐데 안녕히 가세요.

사람이 간결해서 좋다, 그런 생각이 들었다. 얼마 전까지의 나는 상대방을 실망시키고 싶지 않아서 먼저 나서서 무리를 하곤 했는데.

각자 들고 있던 것들은 돌고 돌아 제자리로 갔다. 나는 재섭 씨에게 넘겨받은 술을 들었다. K는 오랜만에 엄마를 보는 거였는데, 집에 도착하자 아차, 빈손으로 왔다며 어쩔 줄을 몰라 했다. 엄마는 나야말로 대접할 음식이 없어서 어떡하냐며 반갑게 K를 맞았다. 씨가 들어가면 안 된다기에 신경 써서 사과를 손질했다. 사과와 술과 유리병과 K까지 방 안에 있으니 안 그래도 작은 방이 정말 꽉 차버렸다. 엄마는 사무실에서 챙겨 온 견출지를 꺼내 오늘 날짜를 쓴 다음 유리병마다 붙였다.

K, 꼭 먹으러 와.

엄마가 말했고 K와 나는 다시 밖으로 나왔다. 우리는 서울이었다면 35만 5000원쯤 받을 것 같은데 3만 5000원인,

시설 좋고 저렴한 호텔로 갔다.

이것 봐. 안마의자에다가 스타일러도 있다.

우린 둘 다 쓰지 않을 거지만.

별말 없이 캔맥주를 좀 마셨고 K가 먼저 잠들었다.

다음 날 K와 나는 해장을 하려고 다시 식당을 향해 걸었다. 쌀쌀했지만 이제 진짜 봄이 올 것만 같은 날이었다. 어젯밤에 본 별도 그렇고, 서울하고 햇살도 뭔가 좀 다른 것 같다고 K가 말했고 나는 그런가, 하며 하늘을 올려다보았다.

어? 잠깐만.

나는 K를 두고 골목으로 뛰었다. 진미짬뽕이 문을 연 것 같았다. 드르륵 문을 밀면서 K에게 이쪽으로 오라고 손을 흔들었다. 가게 안은 그대로였지만 사람은 보이지 않았다.

저기요.

한참이나 가게 안을 두리번거렸지만 인기척은 없었다. 나는 다시 밖으로 나왔다. 가게 앞에 K가 서 있었다. 어떻게 된 걸까 생각하다가 문을 닫고 골목을 걸어 나가는데 그동안 눈과 비와 바람을 맞았을 '건강상의 이유로 당분간 쉽니다'라는 문구가 적힌 종이가 바람에 날려 담벼락으로 말려들어가고 있었다.

우리는 또 뼈다귀해장국을 먹었고 K가 굳이 엄마에게
인사하고 간다 해서 마트에 들러 두유니 뭐니 하는 것들을
잔뜩 샀다.

우린 매일 짐이 무거워.

그러게.

젊을 때 이러면 나중에 고생한다는데.

고생이라…….

시시껄렁한 얘길 하며 집으로 향하는 골목으로 들어왔
는데 나비 한 마리가 진미짬뽕 안내문을 물고 슬레이트 벽
앞에 앉아 있었다.

겨울이 가니 봄이 왔고 봄이 오니 목련과 산수유, 개나
리와 과일나무의 꽃들이 뒤섞여 동네도 성당도 더 아름다
워졌다. 엄마와 나는 종교는 없었지만 자주 성당을 산책했
다. 그간 얼추 한국말을 하게 된 공장 직원들은 이제 각자
자기 나라 동료들에게 각종 말을 알려주었고 나는 화요일
마다 출근하지 않아도 되어 심부름만 하며 지냈다. 이 정도
면 충분하다고 사장은 말했다고 한다. 나 역시 충분하다는
생각이 들었고 그래서 기분이 좋았다.

나는 거의 매일 기차역이 보이는 카페에 가서 그림을

그랬다. 해산을 하고 왔군요, 오해를 받은 적은 있어도 왜 내려왔느냐고 묻는 사람이 없어서 내가 왜 내려왔는지는 진실로도 거짓으로도 대답할 일이 없었다. 아무 말도 할 필요가 없었던 것이다. 어느 날 밤엔 갑자기 외롭거나 불안하기도 했지만 별다른 노력 없이도 아침엔 괜찮아졌다.

공들여 작업한 그림책 원고를 들고 서울에 가려고 아침부터 기차역엘 갔는데 거기서 재섭 씨를 보았다.

오늘은 짐이 없으시네요.

재섭 씨가 말했다. 나는 그러네요, 말하고 웃었다. 재섭 씨는 대학 동기의 결혼식이 내일이라 오늘부터 주말까지 휴가를 얻었다고 했다. 오늘은 여기저기 다니면서 좀 놀고 내일 결혼식에 참석할 예정이라고 했는데 대학 동기들을 만나면 보나 마나 이름 가지고 놀려댈 거라며, 계속 놀림을 받으면 진짜로 화도 나는데 어쩌냐며 걱정했다.

아직도 이름 가지고 놀리는 걸 이해할 수 있나요.

그 모습이 사뭇 진지한 걸 보니 웃으라고 한 말 같지는 않았다.

전 재섭 씨 이름이 좋다고 생각하는데요.

나도 모르게 그런 말이 나왔다.

제 이름이 좋다구요?

대답을 바란 건 아니겠지만, 재섭 씨의 말에 고개를 끄덕였다.

수연 씨는 어쩐 일로 올라가세요?

재섭 씨가 물었고 나는 그냥 볼일이 있다고 말했다. 오래 걸리는 일인가요, 해서 아니라고 말했더니 그럼 오늘 저랑 조금만 놀까요, 하고 물어왔다. 내가 어찌해야 할지 몰라서 대답을 안 하고 있었더니 미술관에 갈까 하는데요, 라고 말했다.

아…… 미술관이라면 조금 가고 싶네요.

고민하다가 겨우 한마디를 했다. 우리는 곧 들어선 기차에 올랐고, 각자의 자리로 가 앉았다. 나는 창밖을 바라보며 이런저런 생각을 했다. 대단할 것 없는 풍경들이지만 보고 있자니 기분이 좋았다. 내리기 전에 재섭 씨가 내가 앉은 쪽으로 왔다.

서울이네요.

네.

시답잖은 말을 몇 마디 했고 재섭 씨와 나는 서울역에서 내렸다.

이따가 다시 만나려면 전화번호를 알아야겠는데요.

나는 그가 내민 휴대폰에 내 전화번호를 눌렀다. 곧이

어 내 휴대폰이 울렸다. 거기엔 재섭 씨의 전화번호가 떠 있었다.

나는 공덕에 있는 출판사에 갔다가 카페에 가서 커피를 한잔 마신 다음에 재섭 씨에게 메시지를 보냈다.

볼일을 다 보았어요.

곧바로 재섭 씨에게 답장이 왔다.

시청역 12번 출구에서 만나요.

재섭 씨는 정시에 도착했다. 우리는 사람들을 지나치며 걸었다.

사람이 참 많아요, 그죠?

네.

나는 주위를 둘러보며 짧게 대답했다.

이젠 서울에 오면 적응이 안 돼요.

저도요.

우리는 많고 많은 사람들을 바라보며 별말 없이 덕수궁 돌담길을 걸어 미술관으로 갔다. 자주 오던 길이고 좋아하는 길이었다.

근데 사람이 진짜 많다. 그죠?

내가 말했더니 재섭 씨가 제가 했던 말이잖아요, 라며 웃었다.

또 할 수도 있죠. 또 하세요.

재섭 씨는 또 혼자 웃었다. 우리는 미술관 안으로 들어 갔다. 지나치고 싶으면 지나치고 멈추고 싶으면 멈추는 게 좋아서 원래 혼자 전시를 보곤 했다. 하지만 지금은 재섭 씨와 같이 보고 있고, 나는 언제 발걸음을 옮기면 좋을지 몰라 재섭 씨의 표정이나 몸짓 같은 것을 조금씩 살피며 전 시를 보았다. 어쩌면 재섭 씨도 그랬을까. 작품들을 눈으로 보았는지 발로 보았는지 모르게 보폭을 맞추며 걷다 보니 어느새 시간이 많이 지나 있었다.

우리는 밖으로 나와 잠시 앉아 있다가 다시 걷기 시작 했다.

영국대사관 쪽으로 막혀 있던 길이 뚫렸다고 하네요.

네.

그쪽으로 갈까요.

좋아요.

재섭 씨와 나는 천천히 걸었다. 와플을 사 먹고 싶은데 재섭 씨 앞에서 무언가를 먹기가 불편할 것 같기도 해서 고 민만 하고 있을 때 재섭 씨가 와플을 먹자고 말했고 우리는 와플을 먹으며 한 번 더 그 길을 걸었다.

이 길을 같이 걸으면 헤어진다는 말이 있잖아요.

별일은 없고요?

네.

재섭 씨가 갑자기 뛰면서 나를 돌아보았다. 나는 와플이나 먹으면서 재섭 씨를 향해 천천히 걸었다. 재섭 씨는 뛰는 것을 멈추고 그 자리에 서서 나를 기다렸다가 말했다.

제가 좀 재미가 없죠.

어떤 스님이 그러시는데 재미없게 사는 게 최고라고 하던데요.

푸하하.

나와 재섭 씨는 다시 같이 걷기 시작했다.

헤어지는 게 두려우면 더 사랑하면 될 텐데. 그죠?

재섭 씨가 말했고 나는 그냥 가만히 있었다. 물론 자기가 아는 어떤 커플도 이 길을 걸은 뒤에 헤어졌다고 말하면서도 아, 그러고 보니 내일 결혼하는 커플도 미술관에 갈 때마다 이 길을 걸었다고 덧붙였다. 나는 오래전 이 근처에 법원이 자리해서 그런 말이 생긴 것 같다는 이야기를 들은 적이 있다고 말하려다 하지 않았다. 아무튼 오늘은 오랜만에 미세먼지도 없고 날씨도 기분도 조금 좋았으니까.

저녁으로 같이 우동을 먹자기에 미안하지만 다음에 먹자고, 내려가는 기차표를 끊어두었다고 말했다. 괜찮다는데도 재섭 씨는 나를 서울역까지 데려다주었다.

다음에 우동을 동네에서 먹나요, 덕수궁에서 먹나요.

내가 물었고,

둘 다 좋지만 아무래도 덕수궁이 좋지 않을까요.

재섭 씨가 말했다. 오늘 영 재섭 씨를 재미있게 대하지 못한 것 같아 영등포역에서 비둘기 똥을 맞은 얘기를 했더니 새는 괄약근이 없어 소화를 시킴과 동시에 싸버릴 수밖에 없는데 자기가 알기론 서울역엔 영등포역보다 비둘기가 더 많다고, 아무튼 뭐든 더 많다고 재섭 씨가 말했다.

조심하세요.

재섭 씨가 역시나 진지하게 말했고, 나는 비슷하게 재미가 없어서 좋다고 생각했다.

마중 갈까?

도착 무렵 엄마에게서 메시지가 왔다.

거의 다 왔어. 괜찮아.

답장을 보내고 역에서 내린 뒤엔 큰길로 갔다. 선선한 봄바람이 불었고 길엔 나 말고 아무도 없었다. 나는 괜히 뛰다가 멈추기를 반복했다. 벌써 멀어진 기차역을 바라보며 잠시 멈춰 있을 때 재섭 씨에게 메시지가 왔다.

잘 도착했나요.

네.

별일은 없고요?

별일은 없고요?

기차 타고 조금 오는데 별일은요.

아무튼 잘 가셨다니 마음이 놓입니다.

저도요.

답장을 보내고 나서 한참을 휴대폰 화면만 바라보았다. 불현듯 눈물이 날 것 같은 마음에 당황해서 고개를 들었을 때, 저 멀리 반대편에서 내가 있는 쪽으로 횡단보도를 건너는 엄마의 모습이 보였다. 나는 멀리 간격을 두고 떨어져 있는 집 몇 채와 십자가만 하나 보이는, 고요한 풍경 속으로 걸어 들어갔다.

사
람
들
은

나는 친구들에게 계속 시시한 사람으로 남아 있다. 아무 이야기가 있을 리 없는 그런 사람.

은영 씨, 정말 미안한데 며칠 신세 좀 질 수 있을까요.

그날 나는 새벽까지 잠들지 못하고 있었다. 메시지를 받고서도 한참을 더 깨어 있었다. 빗소리가 조금씩 커지면서 옆집의 울음소리가 잦아들었다. 옆집에는 60대쯤 되어 보이는 남자가 혼자 사는데, 가끔 30대쯤으로 보이는 남자가 들르곤 했다. 아들인 것 같았고, 종종 큰 소리가 난 뒤엔 울음소리가 이어지곤 한다. 나이 든 남자의 목소리를 들은 적은 거의 없고, 대부분 젊은 남자의 목소리만 들려왔다. 너무 힘들다는 이야기였다. 누가 조용히 좀 하라고 한다면 대꾸할 말이 없어도 일단 나가봐야지, 누군가 우는데 조용히 하라는 말부터 하는 사람은 어떻게 생겼는지 봐야지, 혼자 결심하곤 하는데 아직 그런 사람은 없다. 나는 그렇게 너무 힘들다는, 그런 이야기를 듣다가 잠들곤 한다. 그날 긴 장마가 시작되었다.

나는 어릴 적에 종점을 바라다보는 것을 좋아했다. 지금은 심야버스를 비롯해 막차 시간이 많이 연장되었지만 그때 내가 살던 동네에는 자정 무렵이면 거의 모든 버스들이 돌아왔다. 당시 나는 밤이면 집을 나와 좁고 좁은 골목길을 지나 종점 옆 공터에 가곤 했다. 그리고 쌓여 있는 폐기물들 사이 아무 데나 앉아 깊은 밤 속속 종점으로 들어오는 버스들과, 버스에서 내린 기사들이 모여 이야길 나누거나 담배를 피우는 모습 등을 바라보았다.

종점 앞에 살았지만 내가 타는 버스들은 그곳이 종점이 아닌 버스들이었다. 나는 더 멀리까지 가는 버스들을 타고 다녔다. 그 버스 안에선 늘 나쁜 냄새가 났고 뒷문에는 버스에 설치된 CCTV를 감시하는 직원을 구한다는 공고가 종종 붙어 있었다. 감시라는 단어가 아닌 것 같은데 감시라고 기억하고 있다. 아무래도 사람들은 종점이나 CCTV엔 별 관심이 없을 것 같다. 나는 아주 고요한 밤, 마지막 버스

까지 들어오는 것을 보고 나서야 집으로 돌아와 불을 끄고
잠자리에 들곤 했다.

메시지를 받은 다음 날 오후였다. 현관 앞에 나가보니
비에 흠뻑 젖은 은영 씨가 서 있었다. 우산을 썼지만 소용
없는 날이었다. 우리는 이름뿐 아니라 성까지 같아 처음 만
난 날부터 급격히 가까워졌다. 친구들에게 은영 씨 얘길 하
면 무슨 직장 사람이랑 그렇게까지 친하게 지내냐며 핀잔
을 들을 정도였다. 은영 씨와 나를 제외한 직장 동료들은
우리를 다르게 부르지 않고 그냥 은영 씨 하나로만 불렀다.
회의를 통해서 그렇게 정했다. 우리는 자기가 아닌 은영을
부를 때에도 일단 같이 대답했다. 다음에 이어지는 말을 들
으면 둘 중 누가 대답해야 하는지 알 수 있었다. 그럴 때 사
무실엔 웃음소리가 좀 들렸다. 딱딱한 분위기여서라기보다
는 기본적으로 조용한 분위기가 자연스러운 곳이었다.

퇴사를 하고 1년쯤 지났을까. 동료 W에게서 메시지가
왔다. 은영 씨가 명상을 하러 다닌다는 것이었다. 사람이 완
전히 달라졌다며, 은영 씨를 그렇게 만들고 지는 명상이나
다닌다는 얘기였다. '왜요, 좋은데요.' 답장을 보냈고 그 후
로 W에게 다시 연락이 온 적은 없다. 꼭 그 일 때문에 그만
둔 것도 아니었고 명상을 하는 데 무슨 자격이라도 있어야

하나 싶었지만, 말을 하지는 않았다.

　고민 끝에 퇴사를 하고서는 엄마와 좋은 시간을 보냈다. 늪에 빠졌다고 생각했는데 늪에 빠지는 일에도 좋은 점이 있나 보다 싶을 만큼 그랬다. 뜻밖에 너무 잘되었다, 그런 생각을 했다. 엄마도 그랬을까? 살아온 날들 가운데 가장 슬펐지만 가장 행복한 날들이었다. 힘겹게 잡고 있던 줄을 탕, 하고 놓은 것처럼 엄마가 내게 시간이 나기를 기다렸다가 아팠구나, 미안하고 고마웠으며 그래서 우리는 서로에게 최선을 다했다. 다행이다, 너무 좋다, 지금은 정말 행복하다, 그런 말을 엄마가 아주 많이 하는 게 마음 아팠지만 정말 좋다, 나 역시 그 생각으로 버텼던 것 같다. 나는 평생 엄마에게 받기만 했기 때문에 그땐 내가 모든 것을 주고 싶었으나 해줄 수 있는 건 많지 않았다.

　너는 이제 혼자가 될 거고 많이 울지도 모르니까.

　엄마가 말했고 나는 옆집에서 종종 들려오는 울음소리를 들을 때마다 엄마의 그 말을 가만히 떠올려보곤 한다.

　사람을 거의 만나지 않고 2년을 보냈다. 친구들이 집으로 찾아온 적도 몇 번 있지만 대화가 잘 되지 않았다. 이젠 뭘 어찌할 수도 없을 만큼 우리는 달라져 있었고 내겐 노력할 만한 힘이 남아 있질 않았다. 친구들이 가고 나면 마치 TV 드라마를 본 것 같은 기분만이 남았다. 친구들도 비슷한 마음이었을지 모르겠다. 내 주위에 어떤 막이 쳐진 것 같았다. 실제로 나는 혼자 있을 때 양손을 휘휘 내젓거나 주먹질을 하며 그 막을 깨보려 하곤 했는데 소용없었다.

한번은 내 어머니가 돌아가신 것을 몰랐던 지인이 메시지로 최근 아버지를 잃은 친구 이야길 하며 그 친구 앞에선 웃기도 미안하고 앞에 둔 음식을 맛있게 먹을 수도 없다고 슬픈 건 알겠는데 너무 힘들다 하소연을 했다. 전전 직장 동료로 7, 8년 전 퇴사한 뒤론 만난 적이 없는데도 종종 내게 이런 방식으로 행동하기를 좋아하는 사람이었으며 나는 그것이 아주 싫진 않았다. 저는 아버지가 있으니까 그냥 아버지랑 어디 어딜 좀 갔다 왔다, 거기는 좀 어떻더라, 근황 얘길 한 건데 그런 말도 눈치 보며 해야 하나요?

그러나 나 역시 할 말이 없었다. 그리고 내가 가진 게 아무것도 없어서 친구들과 할 얘기가 없는 거구나 그런 걸 깨달았다. 나는 친구들의 일상 이야기를 듣는 걸 따라가기에도 벅찰 정도였다. 다 얘기한 것도 아닐 텐데 그런 얘길 한참 듣다보면 내가 먼저 지쳐 있었다. 말을 한 건 친구들이었는데 그랬다. 친구들은 중간중간 음료를 마시며 잠시 쉬었고 그런 순간엔 나도 내 얘길 좀 하고 싶었는데 이상하게도 할 얘기가 없었다. 불과 몇 년 전만 해도 이렇게 다르진 않았던 것 같은데. 아닌가. 나만 몰랐던 것인가. 친구들이 자기 근황을 이야기한 다음 넌 요즘 별일 없고? 어머님은 계속 아프시고? 그 일은 계속 다니고? 대출은 얼마 남았어? 대학원은 다시 안 가고? 연애는 생각 없고? 넌 니가 싫어서 안 하는 거잖아, 라고 말할 때.

그런가. 이것도 저것도 내가 싫어서 안 하는 건가. 친구들이 하고 있는 모든 것을 싫어서 안 하는 사람, 나는 아무것도 없는 사람이 되어 있었다. 은영이는 욕심이 없잖아. 친구들이 가진 게 욕심은 아닌 것 같은데, 모르겠다. 물어보면 보고하듯이 나의 근황을 얘기한 다음에 위로의 말을 듣는 사람. 집에 가서는 친구들까지 우울하게 만든 것 같아 자책하는 사람.

그즈음 나는 그런 오래된 만남에 일종의 패턴이 있는 것 같다고 생각했고 그 뒤론 그냥 아무 말을 안 하는 사람이 되기로 했다. 원래도 별말이 없었지만 아주 아무 말도 안 하는 사람이 되기로. 그저 최선을 다해 살아왔을 뿐인데 정말 최선을 다해 살아왔는데 그런 위치를 선택한 사람이 되어 있었으니까 진짜로 내가 선택해버릴까. 마음만 먹으면 못할 것도 없지 않을까. 모르겠다. 내게는 왜 거의 모든 것이 없는지 아는 사람. 알고 싶은데 도와줄 사람. 내가 그걸 알아낼 때까지 기다려줄 사람. 그런 사람은 없을 것 같은, 그런 날들이었다.

2년 만에 만난 은영 씨는 좀 피곤해 보이는 것 말곤 그때와 크게 다르지 않은 모습이었다. 같은 회사에 다니던 시절엔 자취를 해 여기 살지 않았으므로 이 집에 온 것은 처음이었다. 우리는 그때 종종 서로의 집을 드나들며 시간을 보내곤 했다. 나는 현관 안으로 들어선 은영 씨에게 마른 수건을 건네주었다. 은영 씨는 우산을 세워둔 뒤 수건을 받아들고는 머리와 어깨 등을 훔쳤다. 그리고 다 쓴 수건을 내려놓을 곳을 찾는 듯하더니 마땅한 데를 모르겠는지 다시 내게 건네며 신발을 벗고 안으로 들어왔다. 들고 온 흰색 트렁크는 그대로 현관에 두었다.

집이 깨끗하네요.

오신다고 해서 청소했어요.

에구, 저 때문에.

여기 앉으세요.

나는 전기 주전자에 물을 끓였다. 올리브색 주전자는 오래전 은영 씨가 선물해준 것이었다. 나는 은영 씨도 좋아하고 나도 좋아하는 허브차를 꺼냈다. 곧 물이 끓었고 티백에 뜨거운 물이 닿자 시원한 향이 퍼졌다. 우리는 작은 찻상을 마주하고 천천히 차를 마셨다. 말없이 한동안 그렇게 앉아만 있었다. 내가 아무 말도 하지 않는 시간이 은영 씨에게 필요할 것 같았고 은영 씨도 그렇게 생각할 것 같았다. 잠시 그쳤던 비는 다시 세차게 퍼붓고 있었다. 얼마간은 그렇게 있었다.

마트에 좀 다녀올게요.

내가 말했고

같이 가도 될까요.

은영 씨가 물었다. 나는 고개를 끄덕였고 우리는 찻잔을 내려놓고 일어났다. 걸어서 15분 정도 되는 곳에 작은 마트가 있었다. 그새 비는 그쳐 있었지만 우산을 챙겨 집을 나섰다. 예전 같으면 둘 중 한 명만 우산을 챙겼을 것 같은데 각자 우산을 들었다. 그런 점이 전과 달랐다. 현관 앞에는 휠체어를 탄 남자가 담배를 피우고 있었다. 우리는 그 남자를 지나쳐 걸었다.

오다 보니까 바로 앞에도 마트가 있던데요.

거긴 제가 일하는 데라서 괜히 잘 안 가게 돼요.

은영 씨와 나는 현금인출기를 지나 횡단보도를 한 번

건너 직진하다가 다시 한번 횡단보도를 건넜다. 마트 안에는 우리처럼 장을 보는 사람들이 몇 있었다. 나는 은영 씨에게 무엇을 먹을 거냐고 묻지 않고 그냥 내가 평소에 장을 보는 방식으로 장을 보았고 은영 씨는 말없이 내 뒤를 따랐다. 그러곤 계산대에 줄을 섰다.

여기는 가난한 동네라서 코로나도 잘 안 걸리는 것 같아요. 그죠?

늘 밝고 상냥한 계산원이 말했다. 그 말에 은영 씨는 황급히 주위를 조금 둘러보았는데 그 시선을 따라가 보니 언뜻 마트 안에는 일고여덟 명 정도가 있는 것 같아 보였다. 아무도 대답이 없었고 나는 내 차례가 되어 계산을 했다. 집에 돌아와 현관문을 열었더니 은영 씨의 트렁크가 그 자리에 있었다.

여기 작은방에 짐을 푸세요.

은영 씨가 네, 라고 대답하고서 트렁크의 바퀴를 닦으려고 하기에 물티슈는 작은방에 있다고 말해주었다. 나는 쌀을 씻어 밥을 안치고 채소를 다듬은 뒤에 고기를 구웠다. 고기를 고추냉이에 찍어 먹는 것은 은영 씨에게 배웠다.

고기를 먹는데 지난달에 어머니가 돌아가셨다고, 은영 씨가 말했다.

은영 씨와 같이 일하던 회사 근처에서 살 무렵에는 매일 무릎에 대해 생각하곤 했다. 무릎을 굽힐 때마다 무릎을 생각했다. 사람들이 서로의 무릎을 베고 하늘을 바라본다는 것을 알았지만 내 무릎은 그저 닳고 있구나, 스스로 닳게 하고 있구나 그런 생각을 하곤 했다. 말하자면 다른 사람들보다 상대적으로 빨리 닳고 있구나, 그런 것이었다. 사흘이면 곰팡이가 피는 작은 욕실을 청소하며 무릎을 접지 않으려 허리를 깊숙이 구부리고 고개를 쳐들곤 했다. 불가능한 것을 원하고 있으니 슬프지. 엄마가 말했고 세수를 할 때 무릎을 펴는 일이 내게는 불가능한 일인 거구나 생각하니 슬퍼졌다. 어쩌다 나는 불가능한 일을 원하는 사람이 되어 있는 걸까, 그런 건 처음부터 정해져서 태어나는 걸까, 그런 것이 궁금했고 아이를 가진 친구네 집에 갔다가 센서에 발을 대면 저절로 물이 나오는 싱크대에서 설거지를 하다 또 문득 슬퍼졌다. 내가 아이를 낳는다면 내 아이도 무릎을 굽히며 세수를 하게 되리란 걸 깨달았다. 나는 소파에 기대어 앉아 이것저것을 먹으며 친구의 무릎과 내 무릎을 힐끗거렸다. 무릎 때문에 슬펐지만 무릎이 없는 것은 아니었으므로 살 수는 있었다. 많은 사람들이 즐거워 보이는 것처럼 내 무릎도 밖에서 보면 그렇게 보일 거라고.

그리고 엄마를 생각했다. 내가 하루에 무릎을 백 번 굽힌다면 엄마는 오백 번쯤이었을 것이다. 나는 주말마다 엄마에게 가서 엄마 대신 무릎을 굽히며 집안일을 하고 음식을 만들고 걸레를 빨곤 했다. 친구들이 너무 그러지 말고네 인생을 살라고 말했을 땐 이 정도가 너무 그러는 거라는사실이 낯설었는데 지금 돌이켜보니 대단한 말도 아니었다. 이미 살고 있었기 때문이다. 나는 사람의 생각은 늘 변한다고 생각한다. 오랫동안 은영 씨를 생각하면서 그걸 알게 되었다.

다음 날 빵을 사러 가려는데 은영 씨가 따라나섰다. 동네에 빵 하나에 500원씩 하는 작은 빵집이 있다. 자주 가진 않았지만 그래도 동네여서 종종 이용하곤 했다. 하나에5000원, 7000원씩 하는 빵도 좋지만 이 빵집도 늘 금방 구워 따뜻하고 맛있다고 은영 씨에게 말해주었다. 무슨 빵을골랐더라. 모든 빵이 500원은 아니고 종류에 따라 2000원,3000원씩 하는 빵들도 있긴 했는데, 우리는 3500원어치를골랐다. 계산대엔 사람이 없었고 은영 씨가 저기요, 하고부르자 안쪽에서 빵을 굽던 남자가 나와 우리가 고른 빵을확인했다. 포스기 뒤편에는 결제금액 5000원 이하는 카드

결제가 불가하다는 뜻으로 ×표 안내문이 붙어 있었다. 남자가 3500원이라고 하기에 은영 씨가 500원짜리 네 개와 100원짜리 열다섯 개를 냈다. 남자는 자신의 손바닥을 노려보며 다음부터는 동전을 내지 말라고 아니, 앞으론 그냥 이곳에 오지 않아도 된다고 말했다. 은영 씨는 아 네, 라고 대답했고 우리는 빵집을 나왔다.

빵집 바로 앞에는 횡단보도가 있었고 우리는 신호를 조금 기다린 뒤 횡단보도를 건넜다. 맞은편에 도착해 내가 집 쪽으로 방향을 틀었을 때 은영 씨는 뒤돌아 다시 신호를 기다렸다. 잠시 후 신호가 바뀌었고 은영 씨는 횡단보도를 가로질렀다. 나는 은영 씨를 따라 빵집으로 들어갔다. 아 씨발 년. 문을 열자 그런 소리가 들렸다. 지금 저한테 하신 말씀인가요, 은영 씨가 물었더니 와이프가 외출 후에 돌아오지 않아 포스까지 자기가 봐야 하는 상황에 화가 나 이곳엔 없지만 와이프를 향해 한 말이라는 대답이 돌아왔다. 진짜가 아니라면 그렇게 빨리 지어내지 못할 만큼 빠른 대답이었다. 아, 그럼 제가 아니라 와이프에게 씨발년이라고 하신 거군요, 하니까 그렇다고 했다. 손님 두 명이 빵집 안으로 들어왔다. 그들은 쟁반을 들고 종이를 깐 뒤 집게로 빵을 담기 시작했고 은영 씨는 제가 동전을 내서 화가 나 욕을 한

게 아니라 외출 후에 돌아오지 않는 와이프에게 욕을 하신 거라고요, 라고 다시 물었고 남자는 우리에게 안에서 빵을 굽는 직원에게 물어보라며 특히 당신에게 그런 게 아니니 이제 그만 나가달라고 말했다. 나는 작은 비닐에 싸인 빵을 내려놓았고 그는 우리가 산 빵을 꺼내 원래의 자리에 각각 놓더니 포스기를 열어 500원짜리 네 개와 100원짜리 열다섯 개를 세어 은영 씨에게 돌려주었다. 우리는 횡단보도를 건넌 뒤에 한참 그 빵집을 바라보았다. 아까 본 손님 둘이 나오고 잠시 후에 남자가 나왔다. 남자는 우리를 바라보았고 내가 손을 흔들었더니 그 남자도 우리를 향해 손을 흔들었다. 은영 씨는 무표정으로, 집 쪽으로 몸을 돌렸으나 나는 얼마간 횡단보도 앞에 서서 안에서 빵을 굽고 있을 직원을 생각했다. 그리고 사람들의 직업이 싫다고 생각했다.

저는 공항 근처에서 오래 살았어요.

은영 씨가 말했다. 빵 대신 꼬꼬면을 끓여 먹은 뒤였다. 공항 근처에서 오래 산 것은 알고 있었다. 종종 은영 씨가 부모님과 사는 집에 놀러 가곤 했다. 한번은 그 동네에서 유명하다는 점집에 점을 보러 간 적도 있었다. 점을 보려면 6개월 전에 예약을 해두어야 했다. 신점이었는데 우리 둘

다 나쁜 얘길 듣고 나왔다. 들어가서는 정말로 무릎이 닿기도 전에 아가는 아빠가 없네? 아가 어쩌지? 평생 지금처럼 가난하게, 결혼도 하지 않고 힘들게 살 것 같은데?라고 말했다. 신기한 것은 은영 씨도 비슷한 소릴 들었는데 펑펑 울고 나온 나완 달리 덤덤한 표정이었다는 점이었다. 괜찮으냐 물었더니 사실 생년월일을 몰라 지어낸 거라는 대답이 돌아왔다.

그날 점을 본 뒤엔, 같이 술을 마시고 은영 씨의 집 근처를 걸었다. 같이 간 술집에서는 어쩐 일인지 주인 할머니에게 말을 좀 그만하면 안 될까, 라는 말도 들었다. 지금처럼 평생 가난하고 힘들게 살 거라니, 정말일까요? 정말 그러면 어떡하죠? 그런 말을 여러 번 하면서 좀 울었더니 그랬던 것이다. 불쾌했지만 아무런 말도 못 하고 넘겨버린 날이었다. 거기선 아무 말도 못 했지만 술집을 나와서는 이런 씨발, 낙지볶음이었는데 낙지라곤 찾아볼 수 없었잖아요? 맞아요, 씨발 다신 안 가! 안 하는 욕을 해가며 같이 웃던 날이었다. 그러곤 어두운 길을 비추던 가로등 아래에서 어! 방아깨비다! 엄청 커다란 방아깨비를 발견하곤 어린아이처럼 좋아했었다. 방아깨비라면 초등학생 이후로는 본 기억이 없고 그 후로 지금까지도 없기에 아직 생생하게 그날

의 방아깨비가 떠오른다. 어린이 공원 화장실에서 볼일을
본 뒤엔 키를 훌쩍 넘긴 군부대 담장 아래를 천천히 걸으며
콜롬비아로 떠난 애인 애길 들었다.

거기서 음악을 한다고, 정말 행복하다고, 그런 메일이
왔어요.

어느새 술이 좀 깬 것 같은 은영 씨가 말했고 나는 그랬
냐고, 그냥 그렇게만 말했다. 이제 저만 행복하면 되는 거
라고 하더라고요, 은영 씨가 말했고 그 얘기가 끝난 후에는
갑자기 목소리 톤을 높이며 며칠 전 먹은 마이쮸 얘길 했
다. 유통기한이 3년 지난 걸 먹었다고.

아 그럼 그게 3년 동안 은영 씨 책상 위에 있었는데, 그
날따라 눈에 띈 거예요?

네.

그렇게 정리 안 된 책상은 아니던데 어떻게 그런 일이
있죠?

다소 혼란스러운 책상이긴 하지요.

맛은 어땠나요.

맛은 참 좋았다고 은영 씨가 대답했고 우리는 같이 웃
었던 것 같다. 그럼에도 속으론 도저히 이해가 되질 않아 그
3년 지난 마이쮸란 것이 마법처럼 진짜로 갑자기 나타났을

수도 있다는 생각을 할 때였다.

어릴 적에 마술쇼를 좋아했어요.

마술쇼를요?

네. 그래서 키워주신 어머니, 아버지가 자주 데려가주셨거든요. 그런데 나중엔 싫어지더라고요.

어떤 점이요.

사람들은 굳이 거길 와서 마술사가 어떤 방법으로 자기를 속이는지 알아내려고 해요.

궁금하니까요.

맞아요. 실은 저도 그랬어요.

뭐예요.

나는 은영 씨가 싱거워서 좋았고 우리는 실없이 조금 웃었다. 은영 씨와 나, 둘 중 한 명은 베트남으로 출장을 가야 했기에 웃고 나선 업무 얘길 조금 나눴다. 산책을 마치고 헤어지기 전엔 내가 대학을 다니던 시절 잠깐이지만 마술 동아리에 들었다는 사실을 고백했다. 지금은 할 줄 아는 게 하나도 없지만 유튜브로 마술쇼를 자주 본다는 것도.

은영 씨 같은 사람 처음 봐요.

으앗! 저는 팔씨름 지부라는 걸 처음 봐요!

버스정류장 가는 길에 지역 팔씨름 지부가 있었다. 우

리 사이엔 별거 아닌 이야기들이 있었으나 별거면 어떻고 아니면 어때, 그런 생각이 드는, 그런 여름밤이었다. 은영아 너는 시시한 이야기 전공인 거 같아! 은영아 우리 힘드니까 너도 말 좀 해!라며, 사람들은 즐겁고 나는 그렇지 않은 밤 들과는 아주 먼 그런 밤.

어머니가 돌아가시니까 거기서 더 살 수가 없더라고요.

설거지를 하던 은영 씨가 말했다.

아무래도.

내가 말했고 은영 씨는 고개를 끄덕였다.

아버지는 여전히 잘해주시지만 그냥 왠지.

저라도 그럴 것 같아요.

그런데 왜…… 어쩌자고 여길 왔는지 묻지 않으세요.

…….

며칠만 더 있을게요.

은영 씨가 말했다. 나는 그러라고 대답했다.

순식간에 흐려진 하늘이 비를 떨구었다. 여름이면 익숙한, 그런 날씨의 나날을 보내고 있다. 한번은 폭우가 쏟아지는 어느 날 버스정류장에서 은영 씨를 만난 적이 있었다. 입사한 지 얼마 되지 않았을 때였다. 나는 좀 있으면 비가 잦아들려나 싶어 사무실에 남은 터였고 은영 씨는 먼저 퇴근을 했는데 버스정류장에 가니 은영 씨가 있었다. 조금 걸었다고 말하며, 이건 비밀인데 비를 먼저 맞은 다음에 비를 맞으면 이미 젖었기 때문에 더 젖어도 괜찮다고 덧붙였다.

비를 먼저 맞는 게 아니고 계속 비를 맞는 거잖아요?

표면적으로는요.

은영 씨가 말했다. 나는 은영 씨를 의아한 눈으로 바라보았고 그렇게 몇 초간 침묵이 흘렀는데 그러다 동시에 웃음을 터뜨렸다. 그때 SUV 차량 한 대가 우리 앞을 빠르게 지나쳤고 급히 우산을 내렸지만 얼굴을 제외한 온몸으로 그 차가 튕겨낸 빗물을 뒤집어썼다. 빗물을 맞고서 나는 잠시 그대로 있었다. 이런 날에 빗물을 맞는 경우는 흔하다고 사람들은 말하겠지만 나는 그 순간이 괴로웠다. 비가 좀 잦아들길 기다렸다가 나왔고 우산도 크고, 그러니까 할 수 있는 노력은 다한 것 같은데도 아무 소용이 없다는 사실이 지겨웠다. 아니, 안 맞을 수도 있는데…… 왜 나는 빗물을 맞았을까. 알 것 같았고 나는 내가 어느 날 태어난 이후로 줄곧 빗물을 맞으며 살아왔다는 것이 싫었고 앞으로도 계속 빗물을 맞아야 한다는 것이 싫었다. 그런 생각들을 했지만 감춰야 했으므로 생각을 멈춘 다음 아주 천천히 우산을 올렸을 때 강동원이야 뭐야, 은영 씨가 말했다. 그리고 전 이미 젖어 있어서 괜찮은데 은영 씨 다 젖었네요, 라고 내 옷을 가리키며 말했다. 괜찮아요, 나는 말하면서도 괜찮은가? 생각했고 아무리 젖어 있었대도 은영 씨가 정말 괜찮은지 궁금했다. 그게 표정에 드러났는지 저 좀 이상한가요? 은영 씨가 물었고 나는 다시 네……라고 대답한 다음에 많이요……라고 말했다. 많이 이상하지만 좋네요, 그렇게.

그 순간이었다고 생각한다. 집에 돌아와서 속옷까지 다 젖어버린 몸을 씻으며 은영 씨에게 어떤 이유가 있을 거라고 생각한 것은.

은영 씨가 온 뒤로도 나는 매일 서너 시간씩 출근해 일을 했다. 집 앞 마트에서 그날 들어온 물건들을 진열하는 일이었다. 같이 일하는 사람들은 내게 친절했다. 어느 날 내가 어떤 여자에게 봉투 값을 받지 않은 실수로 신고당해 벌금을 물었을 때도 그랬다. 그날따라 다른 직원이 지각을 했고 물건을 진열하는 가운데 급히 내가 계산을 한 거였다. 나는 내 돈으로 벌금을 내고 싶었으나 점장은 괜찮다고 했다. 나를 신고한 사람은 이곳에 자주 오는 사람이었다. 그런 일들에는 다 이유가 있는 거라고 점장은 말했다. 이유는 몰라도 이유가 있다는 건 확실하다고. 그렇게 말하고선 새로 들어온 황금 굴비와 안심 전기요의 예약 상황을 체크했다. 점장이 해야 할 일은 그걸 체크하는 일이었다.

저녁엔 무얼 먹나 생각하며 퇴근하는 길이었다. 아침에 본 여자아이 둘이 계속 놀이터에 있는 것이 눈에 띄었다. 목줄을 한 미니핀과 함께였다. 놀이터긴 하지만 요즘 날씨에 서너 시간을 있기란 흔한 일은 아니고, 아이들이 그네며 미끄럼틀을 타지 않고 그 자리에 선 채로 연신 주변을 두리번거리는 것이 이상해 보였다.

얘들아, 이 강아지 너희 강아지야?

아, 아니요! 아까 어떤 할머니가 금방 온다고 잠깐만 데리고 있으라고 했는데 안 와요.

아…….

금방 오신다고 했는데 안 와요.

아이들은 곧 울 것 같은 표정이었다.

안 올 것 같은데?

어디선가 빨간 머리를 한 여자가 나타나 말했다.

네?

안 올 것 같아. 아니, 안 와. 하하하!

아줌마도 그렇게 생각하세요? 네?

아이들이 내게 물었다.

정말로 그렇게 생각하세요? 네?

빨간 머리를 한 여자에게 다시 물었다.

이럴 때 신고하는…… 그런 게 있어. 아줌마가 해줄게.

나는 미니핀의 목줄을 넘겨받았고 아이들 중 하나가 울음을 터뜨렸다.

울지 마. 괜찮아!

빨간 머리를 한 여자가 말했고 아이들은 시소에 앉았다. 내가 휴대폰으로 검색을 하고 있을 때 간 줄 알았던 빨간 머리 여자가 다시 나타나 아이들에게 쮸쮸바 두 개를 건넸다.

고맙습니다.

아이들이 울먹거리며 여자에게 인사를 했고 여자는 가버렸다.

집에 돌아와서는 아이들이 있던 곳을 오래 내려다보았다. 울던 아이들은 가고 없었다. 이곳으로 온 뒤 대부분의 날들을 나는 창밖을 바라보며 보내곤 했다. 창밖을 내다보면 바로 놀이터였다. 지난 1년 동안 내가 가장 많이 한 일은 그 놀이터를 바라다보는 일이었다. 놀이터엔 미끄럼틀이나 시소, 그네 등이 있었는데 사람들은 늘 그네를 탔다. 물론 겨울에는 상대적으로 그네를 타는 사람이 줄었다. 상대적으로 론 그랬지만 겨울에도 그네를 타는 사람이 있긴 했다. 그 사람은 계절감이 없는 옷을 입었다. 겨울이 지날 무렵부터는 잘 안 오기 시작하더니 날이 좀 따뜻해지면서는 아예 볼 수 없었다. 나는 어떨 때 그 사람을 기다리는 마음이 되기도 하는데 내가 그네를 탈 생각은 잘 들지 않는다.

한겨울이 갔을 뿐, 아직 봄이 오지 않았는데도 놀이터에 사람들은 하나둘 늘어갔다. 어느 날은 어른이 어린이들을 통제하며 줄을 세워야 할 정도였다. 대부분의 아이들은 소리를 지르며 그네를 탔다. 좋다는 뜻일 거라고 나는 생각하곤 했다. 주말에는 아침부터 밤까지 그런 비명 소리를 들을 수 있었다. 소리를 지르며 그네를 타는 아이들을 보고 있으면 나는 왜 소리를 지르지 않고 살아왔을까, 그런 사람은 처음부터 정해진 채로 태어나는 건가, 그런 것이 문득 궁금해지곤 했다. 뉴스를 보지 않기 시작한 것도 그즈음부터였다. 뉴스를 보고 나면 기분이 좀 그랬다. 사회적인 이야기들이 전혀 와닿지 않았고 심지어 어떤 사실을 듣고 있는 것 자체만으로도 괴롭고 버거웠다. 나는 상대적이라는 말을 무서워하고 좀 그렇다는 말을 좋아하는데, 어쩌면 사람들은 반대일지도 모르겠다고 생각한다.

은영 씨는 방에 있는 모양이었다. 어쩐지 이 상황이 자연스럽다는 생각이 들었다. 오래전을 생각해도 얼마 전을 생각해도 모든 것이 자연스러웠다, 그런 생각. 텅 빈 놀이터에 남자아이 둘이 나타나 그네에 앉았을 때 은영 씨가 방에서 나왔다. 욕실로 들어가서는 씻고 나오기에 뒤를 돌아보았더니 우유를 좀 사 오겠다며 집을 나섰다. 날이 개어 있었다. 나는 작은방에 가서 창문을 활짝 연 뒤에 혹시 없어진 것이 있는지 확인했다. 그 방에서 내려다보면 마트로 가는 길목이 훤히 보였는데 은영 씨는 좀체 모습을 드러내지 않았다. 그리고 한참 후에 나타난 은영 씨는 머리 색이 빨간 여자와 함께였다. 몇 마디를 나누는 듯 보였다.

그 마트 직원, 정말 밝은 거 같아요.

은영 씨가 우유를 탁자 위에 올려놓으며 말했다.

우유를 계산해주면서 빵이랑 먹을 건지 씨리얼이랑 먹을 건지 묻더라고요.

우유만 먹는다고 대답했어요, 라고 말하며 은영 씨는 우유를 한 잔 따라 마셨고 나는 마시지 않았다. 뚜껑을 닫아 냉장고에 넣었다.

제가 빨래랑 청소를 좀 할게요.

괜찮아요.

좀 쉬세요.

그럼 잠깐 나갔다 올게요.

나는 휴대폰을 들고 집을 나왔다. 현관 앞에는 휠체어를 탄 남자가 담배를 피우고 있었고 나는 그네를 타는 남자아이 둘을 지나쳐 벤치에 앉았다. 그리고 학교에 전화를 걸었다. 이번 학기에도 역시 복학하지 못하므로 인터넷으로 휴학 연장 신청을 해야 했는데 갑자기 은영 씨가 오는 바람에 깜빡하고 기간을 지나치고 말았다. 학교에 직접 가면 연장이 가능한지 확인하고 싶었다. 한 학기를 다니고 9년째 휴학 중인 대학원은 내가 가질 수 있는 마지막 소속 같은 거였다. 사람들은 열 번 넘게 전화를 돌려주었고, 한참 만에야 겨우 담당자와 연결이 되었다. 중간에는 같은 사람에게 다시 연결되기도 했던 터라 이제 진짜인가 보다, 하고 다시 반복해서 사정을 말했다.

아, 한 학기 다니시고 9년째 휴학 중이시네요.

네.

이거는…… 너무 멀리 보셨네. 이거는 입학하신 해까지만 가능한 거 아시죠.

네.

이런 장기 휴학생은…… 학교 입장에서는 굉장히 부담스러운 존재거든요.

…….

어쩌다가 이렇게…… 이거는 너무 심하잖아요?

돈이…….

돈…… 네, 돈이 없으셨겠죠. 올해는 처리해드리는데, 내년부터는 그냥 제적입니다. 아시다시피 기간은 다 끝났고요, 이런 질문은 원래 안 받아줘요.

네.

나는 전화를 끊었다. 그렇구나. 나는 굉장히 부담스러운 존재고, 너무 심하구나. 적어도 한번은 나 역시 누군가를 죽고 싶게 만든 적이 있었을 거라 생각했고, 이런 질문은 원래 안 받아주는데 올해는 처리해준 것이 감사했다. 전화를 끊자마자 갑자기 비가 쏟아졌다. 나는 비를 막아줄 지붕이 있는 곳으로 뛰었다. 바로 옆 벤치에 처마가 있었다. 내가 벤치를 향해 뛸 때 그네를 타던 남자아이들은 소리를 지르기 시작했다. 야호! 존나 웃기다! 아이들은 기분이 좋은 것 같았다. 나는 비를 피한 뒤에 언제까지 아이들이 비를 맞으며 그네를 탈까 궁금해 계속 아이들을 바라보았다. 아이들은 소리를 질렀다가 웃었다가 하면서 그네를 계속 탔고 그걸 계속 보고 있으니까 나도 한 번쯤 따라 웃게 되었다. 시간이 얼마간 지나 있었고 누군가 톡톡 어깨를 두드리기에 뒤를 돌아보니 은영 씨였다. 은영 씨는 내 손에 우산을 쥐여주고 별다른 말 없이 돌아섰다.

은영 씨.

은영 씨는 나를 돌아보지 않고 걸음만 멈추었다.

무슨 말이든 하고 싶을 때 해요. 안 하고 싶으면 끝까지 안 해도 되고요.

은영 씨로부터 네, 라는 대답이 돌아왔다.

은영 씨와 나는 며칠 동안 별말 없이 지냈다. 일찍 퇴근을 하거나 잠깐 볼일을 보고 돌아와보면 은영 씨는 늘 잠을 자고 있었다. 해 질 무렵이면 일어나 세수를 했고 조용한 가족처럼 몇 마디를 나눴으며 보지는 않지만 TV 예능 프로그램을 틀어놓고 저녁 정도를 같이 먹었다.

그러다 일주일에 하루 쉬는 날이었다. 비가 또 쏟아지려는 것 같지만 언제 쏟아져도 이상하지 않을 즈음이어서 산책을 나가려는데 은영 씨가 따라나섰다. 걷다보니 옆 동네까지 왔다. 집에서 30분 정도 걸으면 TV에서 늘 광고를 하는 아파트가 나왔다. 여기쯤 오면 멀리서부터도 공공임

대주택 건설을 반대하는 플래카드들을 흔히 볼 수 있었다.

도둑놈 심보.

네?

아뇨. 그냥 저거 읽은 거예요.

네.

정말 습하다. 그죠.

네.

동남아 같은 곳이 이 정도 습도일까요.

글쎄요.

베트남 가보셨잖아요.

기억이 잘 안 나요.

기억이 생생하지만 지금은 기억이 안 난다고 하는 것이
자연스러운 거라고, 나는 생각했다. 나는 은영 씨에게 내가
지금 일하고 있는 곳에 대해 이야기했다. 팔이 좀 아프지만
좋다는 얘기였다.

은영 씨 팔은 너무 힘들 것 같아요.

언젠가 은영 씨가 그런 말을 한 적이 있었다.

팔뿐일까요. 내가 물었더니 특히 팔이요, 그런 대답이
돌아왔고 다음에 은영 씨 집에 가면 제가 청소를 해드리지
요, 청소를 잘하세요? 역시 싱거운 얘길 주고받으면서 웃었

고 그 후론 별말 없이 팔이나 바라보았다. 월급날이었고, 점심을 먹고서 천장이 아주 높은, 월급날에 가봐야지 했던 새로 생긴 카페에서 페퍼민트 차를 마시는 중이었다. 거기서 차를 마시는 많은 사람들 중에 나 같은 사람도 있을까 그런 것을 궁금해하며 주문을 하고 또 그런 것을 궁금해하며 차를 홀짝이는 중이었다.

어떤 음식을 좋아하세요?

은영 씨가 물었다.

음…… 다 좋은데요.

그래도 하나만 골라보세요. 제가 해드릴게요.

친구들은 내가 청소나 요리를 좋아한다고 알고 있다. 아주 어릴 때부터 대부분의 집안일은 내 몫이었다. 어른이 되고 또 자취를 하고서도, 몸이 아프거나 아무리 힘들어도 5만 원 정도를 주고 청소를 맡기거나 1, 2만 원을 들여 밥을 사 먹는 일은 거의 없었고 오히려 나도 아플 땐 돈을 들여 누군가에게 맡기고 싶다, 그런 생각을 했을 때 죄책감이 들었다. 그랬으므로 나는 그날도 사람들의 말처럼 인생을 멀리 보지 않았고 내 팔만 바라보고 있었다. 나중에 아파서 고생한다든지 지금 돈 아끼면 병원비가 더 들 거라든지 그런 말을 하면서 좀 멀리 보고 살라는 말이 늘 비수가 되어

꽂히던 때였다. 알고 있었다. 그래서 안다고 말한 적도 있다. 아는데도 내가 왜 그러는지 생각 좀 해줄 순 없을까. 씨발년. 한번쯤 그렇게 말해보고 싶었으나, 단 한 번도 그렇게 말한 적 없음에도. 없음에도 나는 알고 있었다. 내가 그렇게 말하면 안쓰러운 표정을 지으며 은영아, 넌이라는 말을 쓰면 안 돼, 너 요즘 힘들구나? 하면서 자비의 마음으로 나를 안아줄 거라는 걸. 그러다 팔만 힘든 게 아니라고 해서 팔이 힘든 게 안 힘든 게 되지는 않는다는 얘길 들었고 은영 씨 저는 무릎도요…… 왠지 힘든 것보다 더 힘든 척을 하고 싶은 날이었다. 안 했지만 한 것과 다르지 않았다고, 나는 생각한다.

돌아오는 길에 편의점 앞에서 어떤 여자를 보았다. 검은색 긴팔 등산복에 분홍색 물방울무늬 반바지를 입은 여자였다. 여자가 마신 건지는 모르겠으나 테이블 위에는 소주 두 병이 있었다. 바닥에 누워 소리를 지르며 뒹굴고 있는 여자 근처로 어린이들이 지나다녔다. 그 여자를 지나친 어린이 한 명이 휴대폰을 꺼내 엄마에게 전화를 거는 것을 보았다. 엄마, 나 집에 도착할 때까지 전화 계속해줘. 여기 무서운 사람이 있어.

은영 씨와 나는 그 어린이와 아주 가까운 거리에서 걷

고 있었다. 우리는 어린이를 따라 조금 걷다가 그 자리에 없는 와이프에게 욕을 한 빵집 남자가 잘 보이는 횡단보도를 건넜으며 그러고도 조금 더 걷다가 그때까지도 전화를 끊지 않은 어린이가 아파트 현관으로 들어가는 것을 보고 돌아섰다. 은영 씨와 나는 집에 돌아와 차례로 몸을 씻었다.

은영 씨.

먼저 씻고 나온 은영 씨가 나를 불렀다.

저를 버린 사람들도 절 많이 사랑했다고 해요.

그랬을 거라고, 나는 생각했고

저 갈게요.

네.

그것뿐이었다. 작은방은 깨끗하게 정리되어 있었고 나는 은영 씨가 덮은 이불을 세탁했다. 세탁기가 돌아가는 사이 편의점에서 소리를 지르며 뒹굴던 여자를 생각했다. 아무거나 신고 편의점으로 내려갔다. 그사이 여자는 사라지고 없었다. 갑자기 해가 뜨겁게 내리쬐었고 나는 소주 두 병을 샀다. 나는 사람의 마음은 늘 변하는 거라고 생각한다. 그러는 중에는 그날의 기억으로 살거나 그날의 마음으로 사는 거라고. 그런 기억으로 살거나 그런 마음으로 사람은.

은영 씨가 가고 나는 전과 같은 일상을 보내고 있다. 외롭다고 생각한 적은 없다. 우리는 가졌던 것을 잃었다기보다는 원래 없는 사람들이었고 삶 속에서 어떤 이야깃거리를 발견하는 것조차 버거웠던 듯하다. 그래서 몇 마디 한다고 하는 게 늘 싱겁기만 한 그런 사람들이었고, 은영 씨의 그런 점이 나는 좋았다. 어떤 사람들은 내게 할 얘기가 없기는 왜 없느냐며 늘 중요한 얘기만 피해간다고 말할지도 모르겠고, 또 어떤 사람들은 나보다 더 호들갑을 떨며 대체 그 여자를 왜 집에 들인 거냐고 그 여잔 대체 무슨 생각으로 너한테 온 거냐고 물을 수도 있겠지만 왜인지 나는 그런 것은 별로 궁금하지 않다.

어른

장례를 치르고도 아줌마는 서울로 올라가지 않았다. 은
비만 먼저 버스에 태워 보내고 터미널에서 되돌아왔다. 다
음 날 저녁,

아줌마, 올라가셔야죠.

그래야지.

그래놓고 또 하루를 내 옆에서 잤고,

아줌마, 이제 진짜 올라가셔야죠.

넌 언제 갈 건데?

되물었다.

저야 모르죠.

했더니,

나도 모르겠다.

하면서 또 하루를 잤다. 아줌마가 처음 이곳에 온 것은

녁 달 전. 한여름에 할머니와 나의 겨울 내의를 만들어서 어느 화요일에 왔다. 어떻게 평일에 왔느냐고 묻자 같은 팀 언니가 화요일마다 배낭을 메고 오기에 무슨 배낭인가 얘기 들어보니, 검정고시를 보려고 공부하러 간다는 것이었다. 그러면 팀이니까 아줌마도 일하는 시간이 줄어 수입이 작아지겠다고 했더니 그래서 화요일은 자기도 귀하게 시간을 쓰는 날로 정해 일찍 퇴근하고 있고 앞으로도 그렇게 시간을 보낼 예정이라고 했다. 어떻게 보면 서로 고마운 거라고, 아줌마는 말했다.

박경미예요.

김, 점 자, 례 자세요.

내가 대신 대답할 수밖에 없었다. 아줌마는 할머니의 상태가 꽤 심각한 것을 보고는 선물로 받았다던 건강 팔찌까지 빼두고 갔다. 그날 이후 아줌마가 화요일마다 내려와 할머니의 얼굴을 확인하고 간 덕분인지 할머니는 의사 말보다 조금 더 살다가 갔다.

*

점심엔 손두부를 먹기로 했다. 때 이른 찬 날씨에, 할머니 몫의 겨울 내의는 아줌마 차지가 되었다. 두부를 만들어 파는 미니슈퍼까지 가려면 한 시간 반쯤을 걸어야 한다. 차로는 그리 먼 거리가 아니지만 우리에겐 차가 없고 배차가 하루 두 대뿐인 버스를 타기도 여의치 않아 걷기로 했다. 좀 쌀쌀하긴 해도 공기 좋은 데서 걸으니 운동도 되고 가는 길에 보이는 것들 덕에 마음이 편안해지니까 여러모로 좋은 일이야, 하고 생각한다. 옆집이라고 하기엔 좀 멀지만 할머니 집과 가장 가까운 집과의 갈림길까지 나와 보니 뒷산으로부터 뻗어 나온 칡넝쿨이 너무 많이 내려와 있었다.

이게 벌써 여기까지 왔네요.

이걸 어떻게 해야 할 텐데.

답도 없으면서 한마디씩 하고 지나쳤다. 걸으면서 아줌마는 고향 얘기를 조금 해주었고 나는 어쩌면 처음일 할머니의 부탁을 뿌리치던 날을 떠올렸다. 우리는 버드나무 한 그루가 버티고 있는 작은 다리 위에서 할아버지를 보았다. 할아버지는 가만히 흘러가는 물줄기를 바라보고 있었다.

할아버지, 두부 좀 사다드릴까요.

아줌마가 물었다.

고마워요. 돈은 내 이따 줄게요.

할머니 집과 가장 가까운 집에 사는 할아버지가 고개를

천천히 끄덕이며 말했다. 겨우 두부인데, 나는 생각했고 아무튼 좀 따뜻하게 느껴졌다.

*

아줌마와 내가 처음 만난 그해 봄엔 비가 참 많이 내렸다. 그날 나는 퇴근을 하고 집으로 가지 않고 집 근처 고등학교 운동장으로 갔다. 좀 춥구나, 하면서 앉아 있는데 검은 머리칼을 질끈 묶은 아주머니가 말을 걸어왔다.

왜 뛰지를 않는가요.

아, 그냥 피곤해서요.

그래요. 주머니가 많아 무겁긴 하겠어요.

네, 뭐.

나는 대충 대답하면서 아주머니의 옷차림을 보았다. 검은색 안경테에 옷도 어두운 색상이었지만 가벼운 봄 옷차림이긴 했는데 나에게 뭐라고 한 것치곤 그녀의 옷에도 주머니가 많이 달려 있었다.

아주머니도 주머니 많으신데요.

네, 그래도 저는 그냥 달립니다.

아주머니가 사라지고 얼마 후에 빗방울이 떨어지기 시

작했다. 나는 무거운 몸을 일으켜 집을 향해 걸었다. 당연한 것처럼 걸었다. 맞을 만한 비가 아니었지만 맞았고 비를 맞으며 걷기엔 애매했지만 걸었다. 당연한 것, 편의점에서 4000원 정도 하는 우산을 사지 않고 비를 맞는 것처럼 내게 당연한 것들을 생각하면서 천천히 걸었다. 당연하지 않은 게 있기는 하느냐고 스스로에게 물으면서.

집에 가서는 조금 비싼 컵라면에 물을 붓고 스웨덴으로 떠난 그의 SNS를 뒤적였다.

한국은 일하다 죽잖냐ㅋㅋ

미친 새끼 불법체류 신세면서. 나는 컵라면 국물까지 말끔히 먹고서 바로 자리에 누웠다. 젖은 옷을 빨고 싶었지만 방음이 전혀 되지 않았으므로, 할 수가 없었다.

다음 날 새벽 아줌마와 나는 뿌연 김이 가득 찬 목욕탕에서 다시 마주쳤다.

나를 알아보겠나요.

네.

나는 수줍게 아줌마를 향해 등을 갖다 댔다.

저 먼저 부탁드릴게요.

그래요.

음료수를 사서 돌아왔을 때 아줌마는 이미 나간 뒤였

고, 그러고서 더 훗날 알게 된 거지만 아줌마에겐 은비라는
딸이 있어 내게 등을 부탁할 일이 없긴 했다.

*

　미니슈퍼에는 간이 탁자 두 개와 의자 여섯 개가 마련
되어 있었다. 이미 탁자 하나를 차지한 할머니 셋은 별말
없이 두부만 먹고 있었는데 그중 한 할머니는 수저를 들지
않은 채였다. 아줌마와 나는 순두부 두 그릇을 주문했다.
라면이나 통조림 같은 것을 팔았으므로 뭘 좀 사 가자고 했
더니 아줌마가 라면 말고 국수를 사 가자고 말했다. 나는
고개를 끄덕였고 그사이 나온 순두부는 따뜻했다. 여기 할
머니들도 혹시 우리 할머니를 알까. 만약 그렇다면 할머니
가 죽었다는 것을, 알리지 않아도 괜찮은 걸까. 알 건 아셔
야 하는 게 아닐까. 말은 못 하고 힐끔힐끔 할머니들을 바
라보았다.
　자유시간 하나 줘.
　끝내 수저를 들지 않던 할머니가 주인 할머니에게 말했
다. 우리는 주인 할머니가 자유시간을 찾아서 당이 떨어졌
다는 할머니에게 전하고 올 때까지 기다렸다가 두부를 주

문했다. 두부가 넉넉히 담긴 검정 비닐봉지 안에는 아까 순두부를 먹을 때 나왔던 김치도 들어 있었다. 주인 할머니가 한사코 괜찮다고 했지만 아줌마는 끝내 약간의 돈을 더 드리고 가게를 나왔다. 김치값이었다.

돈이 많으신가 봐요.

나는 나한테 잘해주는 사람이 좋아.

아줌마와 나는 두부를 나눠 들고 왔던 길을 다시 걸었다. 아줌마는 내가 태어나던 해부터 미싱을 타기 시작했다. 내가 보기에 까마득한 느낌인데 막상 아줌마는 그렇지도 않은 것 같다. 라면 대신 사려던 국수는 깜빡하고 요구르트를 사 먹으며 집으로 돌아가는 길. 아줌마는 젊을 적에 흙과 모래로 범벅이 된 요구르트를 본 적이 있다고 말했고, 나는 그런 이야기를 책에서만 본 적이 있다고 답했다. 두부를 먹고 한 시간 반쯤을 걸어 집으로 돌아오면 배가 다 꺼져 있곤 했으므로 우리는 저녁 메뉴를 의논했다. 무성했던 것들이 하나둘 말라가고 있었지만 아직은 살아 있는 것이 더 많은, 그런 길이었다.

옆집 할아버지에게 두부를 드리고 몇 가지 채소들을 얻어 집으로 돌아왔다. 우리는 마당 한 켠에 쌓여 있던 나무 팔레트를 어렵게 절단해 아궁이에 불을 지폈다.

〈리틀 포레스트〉하고는 완전히 다르구만.

아줌마가 말했다. 하루 날을 잡고 해두면 좋을 거라고 생각은 하는데 지금까지는 당장 쓸 만큼만 힘을 썼다. 그것도 힘에 부쳐서는, 고구마나 잔뜩 쪄 먹고 일찍 잠자리에 눕곤 한다.

그날 밤 아줌마는 전화 한 통을 받았고, 가는 걸로 하는데 장담은 못 합니다, 하고서 전화를 끊었다. 맞다. 아줌마 바쁜 사람이었지. 나는 어쩐지 아줌마가 이번엔 정말 서울로 올라갈 거라는 예감이 들었다.

〈태양의 후예〉하는지 좀 볼까.

아줌마가 말했다.

그거 오래된 드라마 아녜요?

나는 아줌마가 오래전 드라마를 지금 찾고 있다는 게 좋았다.

몰라. 난 요즘에 봐. 틀어보면 어느 채널에선가 할 거야, 아마.

리모컨을 손에 쥔 아줌마의 검은 안경테 너머로 집중한 미간이 보였다. 아줌마는 내게 언제 태백에 있는 세트장에 가보자고 말하며 얼마 전 아들과 간 경주 여행 이야기를 들려주었다.

경주에도 바다가 있어요?

어머, 너 경주 안 가봤구나.

네.

거긴 이제 신라의 태자만 머무르던 곳이 아니야. 이 몸
도 머물렀지. 하하하하.

아줌마의 바람은 내가 말을 조금 더 많이 하는 것. 하지
만 아줌마는 내게 질문을 많이 하진 않고 나는 그 점이 고
맙다. 다음 날 아줌마가 서울로 올라가고 나는 아무렇지 않
게 밥을 먹다가 조금 울었다.

*

개가 짖기에 나가 보니 역시나 하얀 개 한 마리가 있었
다. 간밤에도 크고 작은 동물들이 지나다니는 소리를 몇 번
이나 들었다. 가겠지, 하고서는 불을 살핀 뒤 따뜻한 보리
차를 끓여 마셨다. 혹시나 그 개가 먹을까 싶어 커다란 밥
그릇에 보리차를 좀 부어놓긴 했다. 그런 뒤엔 어질러진 집
안을 둘러보았다. 짐이 없는 듯해도 많았고 그것들은 내 것
이 아닌 할머니의 것이었고, 그러니까 내겐 시간이 필요했
다. 어차피 월세라서, 할머니의 짐들을 정리하는 대로 이 집

도 정리가 될 것이다. 그러고 나면 나도 정리가 좀 되겠지.

언젠가 회사 옥상에서 오부장이 말했다.

참 좋은 세상이야. 그치?

네, 오늘 날씨도 좋고요.

나도 그날은 세상이 좋다고 온전히 그렇게 느꼈을까. 아무렴, 햇볕 좋은 날 고층빌딩의 옥상에서 커피를 마시며 청계천변을 내려다보았으니 진심이었을지도 모르겠다. 그즈음의 나는 오를 상사 이상으로 의지하고 따르고 있었다. 그리고 오 역시도 종종 자신을 큰언니 정도로 생각했으면 한다고 말했고, 그럴 때마다 나는 속으로 오처럼 되고 싶다고 생각하곤 했다. 그랬던 오는 마지막에 좀 다른 사람이 되어 내게 말했다.

그런 적 없는데? 나랑 얘기한 거 맞아요? 우리 지금 정규직들도 못 자르고 있어요. 그러니 경아 씨 같은 경우는 진짜 힘들죠. 입장을 바꿔서 생각해봐요. 당연히…… 당연히 힘들지 않겠어요?

그렇게 얼마간의 시간이 흘렀다. 나의 경우라는 건 어떤 경우인 걸까. 아니 나도 알고는 있지만 말하자면, 갑자기지만 당연한 것이라고…… 당연히 힘들지 않겠어요?……그러니까 힘든 건 힘든 건데 오가 힘든 건지 내가 힘든 건지, 나는 당연히 힘든 것이 누구인지 생각했고 그게 나라는 걸 알았을 때 내가 할 수 있는 최대한의 항의를 했다. 잠시의 침묵 뒤에 오는 나를 회의실로 데려갔다.

경아야. 잘 생각해봐. 내가 그렇게 말했을 리 없어. 그리고 이런 말은 진짜 안 하려고 했는데, 널 이렇게 만든 게 나니?

나는 몸을 돌려 회의실을 나왔고 자리로 돌아와 앉았다. 나는 그 자리가 내 자리가 아니라 그냥 자리라는 것을 알았고 당연한 것들을 계속해서 생각했다. 나와 오, 둘 중 하나는 오가 말한 참 좋은 세상에 살고 있지 않았다.

4년째 나는 4개월마다 계약을 했다. 계약을 이어왔지만 늘 심장이 뛰곤 했다. 그랬기에 내가 더 열정을 쏟아부었다면 누가 믿어줄까. 초조하고 불안해서 그만하지 않고 그럴수록 더욱 최선을 다했다는 것을 누가.

그즈음 할머니는 요양원에서 퇴소해야 했다. 그 시기에 나는 내 인생을 통제할 수 없었다. 오가 내게 초콜릿을 주며 다음 달까지는 걱정 말라 하기에 회사를 그만두었다. 이제 그 자리엔 내가 아닌 다른 사람이 앉아 있을 것이다. 오의 눈엔 그 사람과 내가 각기 다른 사람이 아니라 다만 무엇일까, 생각해본 적은 있었다.

*

    할머니 집엔 온실이나 하우스가 없어 이런 계절이 오면 꼼짝없이 먹을 것이 떨어지곤 하는데 다행히 마당 한편에 저절로 자라난 아욱이 있었다. 처음에 높이 자란 아욱을 봤을 때는 이게 정말 아욱 맞나 확신이 없었다. 그 후 옆집 할아버지에게 아욱이 맞다는 확인을 받은 뒤엔 주 식재료가 되었다.

    아침에 일어나 아욱을 몇 장 뜯는데 문득 혼자라는 생각이 들었다. 얼마 전 왔던 강아지도 보이질 않았다. 어째 할머니는 그 시절에 엄마 하나만 낳았을까. 나는 왜 이모도 삼촌도 없을까.

    서울에선 아줌마 덕분에 외로울 일이 없었다. 이곳으로 내려오기 전 나의 냉장고에는 늘 아줌마의 김치와 장아찌들이 있었다. 매일 대여섯 시면 일어나 7시 반쯤이면 집을 나서던 아줌마. 아줌마는 종종 출근길에 우리 집에 들러 밥을 먹었느냐고 묻곤 했다. 제 밥 챙길 시간에 아줌마 집 청소나 하셔요, 하면 그런 건 내키면 하는 거다! 웃으며 말했고 나름 챙겨 입은 내 옷을 보고는 죄다 주머니가 많은 옷밖에 없느냐며 타박하기도 했었다.

아무튼 할아버지가 주신 채소들을 다 먹은 후였으므로 요 며칠은 이걸로 국을 끓이거나 살짝 쪄서 쌈을 싸 먹고 지냈다. 할머니가 만든 막장은 늘 냄새만으로도 식욕을 자극했고 그래서 아욱과 막장만 있으면 되었다. 나는 펴지 못한 허리로 끝까지 제 할 일을 했을 할머니를 떠올렸고 떨어져 사는 동안 할머니가 주로 무엇을 먹고 지냈을지 골똘히 생각해보곤 했다.

아침을 먹은 뒤엔 마당과 이어진 작은 텃밭을 정리했다. 오랜만에 볕이 따뜻해서 중간에 겉옷도 벗었다. 텃밭에는 오래된 작물의 마른 가지들과 집게, 끈 같은 것들이 아무렇게나 널브러져 있었다. 할머니는 이 작은 텃밭에 배추와 무, 파와 마늘, 고추와 가지, 호박과 토마토 등을 심었다. 나는 할머니의 토마토를 좋아했고 특히 달콤한 토마토를 깨물어 먹으면서 할머니에게 듣는 엄마 이야기를 좋아했다.

그때는 서울로 식모살이를 많이들 갔지.

하나뿐인 딸을 보내는 날에 억수 같은 비가 왔고 할머니와 엄마는 꼬박 그 비를 다 맞았다고 했다. 날이 이러니 내일 가라고 했는데 그냥 갔단다. 할아버지가 싫다며, 엄마는 큰 봉제공장을 운영하는 부부의 신당동 고급주택으로 들어갔다.

테레비를 실컷 보며 산다고 편지가 왔었지.

내가 태어난 후로 엄마와 나는 장충동에서 살았다. 그
즈음 아줌마도 장충동에 있었다고 하니 어쩌면 우리는 한
번쯤 스쳐 지났을지도 모르겠다. 초등학생이 될 무렵 엄마
는 나를 할머니 집으로 보냈다. 그렇게 할머니와 나는 다가
오는 모든 계절을 함께 맞으며 같이 살게 되었다. 그땐 엄
마가 아픈 줄도 몰라서 엄마 걱정은 하나도 안 하고 할머니
와 종종 막걸리를 홀짝이며 노래나 부르고 놀았다. 할머니
와 할머니의 친구들은 모두 노래를 좋아해 꿈이 가수였다
고 한다.

할머니들 일곱 명 전부 꿈이 가수였다는 거예요?

그럼, 그럼. 그럼, 그럼.

내가 놀라서 물으면 할머니들은 아무렴, 당연히 가수
지, 하는 표정으로 고개를 크게 끄덕였다. 이럴 수가, 나도
꿈이 가수인데…… 어릴 적의 나는 할머니들을 라이벌쯤으
로 여겼던 것 같다. 하지만 역시 명랑한 할머니들을 좋아할
수밖에 없었고 그래서 집을 떠나온 후에도 자주 내려왔는
데 어느 해엔 근 1, 2년을 못 오기도 했다. 시간이 멈추든가
내가 멈추든가 해야 했는데, 둘 다 멈추지 않던 때였다.

다시 쓸 일이 있을까.

없을까.

집게와 끈과 쇠로 된 지지대 같은 것들을 자루에 넣어 마루에 놓고 방으로 들어왔다. 그리고 여기 내려온 뒤부터 가진 나의 취미 생활, 할머니가 한글학교에 다니면서부터 써온 일기장을 아무 데나 펼쳐 읽었다.

소녀는 자라서 아줌마가 되었다.

할머니가 아니라 아줌마라고 쓰여 있어 처음엔 누구의 이야기인가 싶었지만 모두의 이야기라도 괜찮을 말이었다. 당시의 할머니는 내가 있어 할머니가 되긴 했지만 통상적인 할머니라고 하기엔 젊었겠다, 생각하며 우엉차를 마실까 하고 부엌으로 가 물을 올렸다. 나는 어릴 적부터 뿌리채소를 좋아했다. 내가 그런 유의 채소들을 좋아한다는 것은 아줌마와의 대화 속에서 알게 되었다. 은비는 흙 맛이 난다며 잘 먹지 않는 아줌마의 뿌리채소 반찬들은 그래서 자주 내 차지가 되곤 했다. 아줌마가 부엌에서 음식을 만드는 모습을 떠올려본다. 시원시원한 성격의, 시원시원한 칼질. 그리고 웃을 때마다 양 볼에 고이는 볼우물과 염색도 안 하는데 유난히 까만 아줌마의 머리칼도.

띠디디디디디 띠디디디디디. 여러 번 시도한 뒤에야 가스가 떨어졌나 보다, 하는 생각이 들었다. 나는 전화로 가스를 주문했고 부엌에 앉아 벽을 둘러싸고 있는, 온갖 이름 모를 말린 것들을 오래 바라보았다.

*

갑자기 재호가 찾아온 것은 야트막한 뒷산 너머에서 어둠이 내려올 때였다. 나는 아줌마의 겨울 내의만 입은 채였으므로 급하게 외투를 걸쳤다. 유리로 된 미닫이문을 드르륵 열며 조금 불안한 눈초리로 재호를 쏘아보았다. 재호는 주머니가 잔뜩 달린 조끼를 입고 있었다.

여긴 웬일이야?

웬일이긴. 가스 시켰잖아.

재호는 집 뒤쪽으로 가 가스통을 교체했다.

많이 늙었네?

돌아온 재호가 말했다.

그렇지 뭐. 조심히 가.

가스 값을 줘야 가지.

지갑엔 현금이 없었고 다른 방도도 없었다. 곧 깜깜해

질 테니 시내에 나갔다가 돌아오는 것이 망설여졌기 때문
이다. 나는 가장 편한 옷으로 갈아입고 운동화 끈을 단단히
맨 뒤 재호의 트럭에 올라탔다. 그리고 농협에서 현금을 인
출해 재호에게 건넸다.

여기.

응.

갈게.

데려다줄게.

괜찮아.

나는 재호에게 손을 들어 인사하고 뒤돌아 내가 뛰어야
할 방향을 바라보고 섰다.

너 거기서 살려면 하우스 있어야 돼.

재호의 목소리가 들렸고, 해줘? 이번엔 질문이었으나
답하지 않고 다시 한번 운동화 끈을 꽉 조였다. 그리고 나
는 뛰기 시작했다. 가스집과 철물점, 작은 꽃집과 호프집을
스쳐 낮고 낮은 지붕들을 지났다. 지나는 차들이 거의 없어
달리기는 편했지만 그만큼 가끔 지나는 차들의 속력이 높
아 자꾸만 뒤를 확인하며 뛰었다. 숨이 막 차오르자 젊었을
적에 청계천 고가를 바라보며 꽤나 뛰어다녔다는 아줌마가
보고 싶었다.

넌 최선을 다해 잘 살아왔어.

울던 내게 소맥을 말아주던 아줌마. 자기는 맥주만 마시면서 소맥을 잘도 말던 아줌마. 밤하늘을 바라보며 나는 아악, 소리를 질렀고 아무래도 여긴 너무 추우니 서울로 돌아가야겠다고 생각했다.

*

원래 아주 오래 있을 생각은 아니었지만 막상 돌아가려고 마음을 먹으니 할 일이 많았다. 할머니의 짐은 아직 모두 그대로였다. 화요일에 내려오겠노라고 아줌마에게 연락이 왔고 나는 그 전에 열심히 집을 정리하겠다고 답장을 보냈다.

다음 화요일이 아니고 다다음 화요일.

전 아무 때나 좋아요. 은비는 잘 있죠?

잘 있어. 정리든 뭐든 억지로는 하지 말고.

아줌마가 메시지를 보내왔고 나는 그게 무슨 뜻인지 알 것 같아 조금 웃었다. 그리고 2주 후에 완전히 그 뜻을 파악했다. 세상은 나 없이도 바쁘게 돌아가고 있을 테고 내게는 애도의 시간이 필요했다.

어른

2주 후에 아줌마가 닭고기를 사 들고 내려왔다. 직접 만든 니트와 조끼도 가져왔다. 짐을 내려놓은 아줌마는 서울로 올라갔을 때와 거의 같은 상태의 집을 보고는 배를 잡고 길게 웃었다.

푸하하하하하하하하하. 내가 너 이럴 줄 알았지.

너무 오래 웃으시네요.

웃기잖아.

저 못 올라갈 것 같아요.

그러네.

아줌마는 집 안을 둘러보며 말했다. 달라진 거라곤 어디서 났는지 모를 스티로폼 박스에 파를 옮겨 심은 것뿐. 나는 아줌마가 만들어 온 겨울옷들을 꺼내본 뒤 주머니가 없는 것으로 골라 입었다. 서울에 올라갔더니 그새 오래 다닌 집 앞 슈퍼가 사라지고 없었다고 한다.

울고 싶은 만큼 울었어?

아줌마가 물었고 나는 잘 모르겠어서 대답 없이 닭고기를 가지고 부엌으로 갔다. 생닭을 만져본 적은 없는데, 손질하는 척을 하며 괜히 닭고기가 든 팩을 들었다 놨다 했다. 아줌마가 다가와 자연스레 나를 밀며 팩의 뚜껑을 열었다.

나도 고모 생각이 많이 나더라.

아줌마는 닭을 손질하며 돌아가신 고모 이야기를 들려주었다. 못 다한 게 있다면 다하라는 거구나. 마음 놓고 울라는 거야. 나는 아줌마와 아줌마의 고모 이야기를 들으며 감자와 양파와 당근을 다듬었고 또 그러는 사이사이 울고 웃었다.

철들고 돌아가셨으면 좋았을 텐데.

쌀이 한 톨도 남아 있지 않아 밥은 못 했고, 눈물을 다 닦고 나자 닭볶음탕이 완성되어 있었다.

우리는 쌀을 사기 위해 시간을 맞춰 버스를 타고 시내로 나갔다. 마침 장날이었기에 농협에서 현금을 인출했다. 매콤한 닭볶음탕을 든든하게 먹고 와서인지 붕어빵이며 호떡 같은 겨울 간식들도 오늘은 별로 당기지가 않았다. 마지막으로 왔을 때와 달라진 것이라곤 '정아팻션'의 간판이 '정아패션'이 되었다는 것뿐이었다.

아직 상추가 있네.

잠시 멈춰 서서 상추를 보고 있을 때,

그런 게 맛있어. 맛있는데 너무 조금 줘.

감색 점퍼를 입은 할머니가 뒤에 다가서며 말했다.

그래야 이 할머니도 돈을 버시죠.

아줌마가 옅은 미소를 띠며 말했고,

그래도 너무 비싸.

감색 점퍼의 할머니가 말했다. 나는 어쩐지 조금 재미있는 마음이 되어 상추를 구입했다. 1000원이었다. 시장 한편에는 뜨거운 생강차와 유자차, 칡즙과 믹스커피 같은 것을 파는 작은 리어카가 있었다. 우리는 생강차를 사 마셨다.

아줌마 근데, 어디가 안 좋아요?

아프냐고?

네. 왠지 조금 그래 보여서요.

다들 아프지 뭐.

아프면 아픈 거지, 다 아프다고 자기 아픈 게 아프지 않은 게 되나요.

그런 거냐.

아줌마가 생강차를 마시며 웃었다. 다 마신 컵을 반납한 뒤 아줌마의 머리카락을 자르려고 미용실을 찾았다. 장이 서는 읍내 초입에 '명품헤어숍'과 '유진미용실'이 마주보고 있었다. 명품헤어숍엔 콜라겐 펌과 콜라겐 염색을 전문으로 한다는 문구가 전면에 붙어 있었다.

난 커트만 할 건데.

아줌마가 명품 쪽으로 방향을 틀며 말했다. 우리는 조금 대기해야 했고 아줌마가 잡지들을 뒤적이는 동안 나는 쌀을 사 오겠다며 밖으로 나왔다. 앉을 자리도 애매했고, 무엇보다 그냥 사람들이 보고 싶었다.

야, 넌 일 안 하냐.

재호였다. 커피나 한잔하자기에 동행이 있어서 금방 돌아가봐야 한다고, 그냥 잠깐 앉기나 하자고 말했다. 재호와 나는 바로 대로변에 위치한 교회로 갔다. 교회 벤치에 앉긴 했는데 달리 할 말은 생각나지 않았다.

밥은 먹고 다니냐.

재호가 물었고,

쌀 사러 왔다.

내가 대답했다. 교회 안쪽에선 아이 한 무리가 토마토 게임으로 술래를 정하고 있었다. 좀 전에 마셨다고 했는데도 재호는 마실 것을 사 온다며 자리에서 일어났다. 재호가 가고 나는 멍하니 아이들을 바라보았다. 몇 번의 게임 끝에 술래가 된 아이는 상심한 듯 보였으나 곧 충실히 자기 역할을 수행했고 그 모습을 보자 문득 그가 떠올랐다. 스웨덴으로 떠나기 전 오와 최차장은 그의 계약을 두고 토마토 게임을 했다. 팀원 모두 베트남쌀국수로 점심식사를 하고 들어온 후였다. 아마도 그에게는 그날 점심식사의 메뉴나 맛이 전혀 중요하지 않았을 것이다. 최차장은 자신의 자리에 눕

듯이 앉아 그에게 커피를 타 오라고 지시했고 그는 탕비실로 가 커피를 탔다. 커피를 가져온 그를 앞에 두고 최차장이 오에게 게임을 제안했다. 오가 이기면 재계약을 하고 최차장이 이기면 계약하지 않기로 하자는 것이었다. 초등학생 자녀가 둘씩 있는 그들은 큰 소리로 토!, 마!, 토!를 번갈아 외쳤고 그는 그 모습을 꼼짝없이 지켜보았다. 결과적으로는 오가 이겼으나 얼마 후 그의 계약은 해지됐다.

넌 그대로네.

그런가.

야, 서울 좋냐?

모르겠어.

나이가 몇인데 그것도 모르냐.

몰라.

언제 올라갈 거야?

이제 곧…… 여기선 내가 할 수 있는 게 없을 것 같아.

아줌마로부터 전화가 와 나는 재호에게 가기 전에 볼 수 있으면 보자고 말하고 자리에서 일어났다. 아줌마는 단정하게 자른 머리로 뻥튀기 기계 앞에 앉아 뻥튀기를 먹고 있었다.

밥 대신 뻥튀기 먹고 살자.

아줌마가 말했다. 냄새가 너무 좋아서 조금 더 그 앞에 있고 싶다는 아줌마. 뻥튀기 기계 주변의 앉을 만한 곳에는 이미 몇몇 사람들이 앉아 노란 오후 햇볕을 받으며 두런두런 이야기를 나누고 있었다. 아줌마와 나는 누군가 일어나는 것을 보고 그리로 가 앉았다. 뻥튀기를 한 웅큼 집어먹은 아줌마가 나와 자기를 번갈아 가리키며 말했다.

김태리, 진기주는 있는데 지금 류준열이 없잖아, 이 사이에.

아줌마.

푸하하하하하하.

호탕한 웃음소리에 주변 할머니와 할아버지들까지도 우리를 쳐다보며 웃었다. 그중 보라색 카디건을 입은 할머니 한 분이 아줌마를 가리키며 말했다.

난 홍말순이에요.

박경미요.

그 옷은 어디서 샀어요?

이거는 제가 만든 거요.

젊은 사람이 솜씨가 좋네요.

35년 했거든요.

대단하네요.

대단하긴요.

딸이에요?

네. 예쁘죠?

그 말을 듣고서, 나는 뒤돌아섰고 바짓단을 털거나 신발 밑창을 살펴보며 괜히 딴청을 피웠다.

딸은 경아랑 은비랑 둘이고 아들도 하나 있어요. 승호라고.

할머니가 더 물은 것은 없었으나 아줌마는 덧붙였다.

*

아줌마는 언제가 가장 힘들었어요?

은비 낳았을 때. 일하면서 키우느라고 늘 미안했어.

슬프다.

슬프긴.

나는 아줌마가 대단하긴, 슬프긴, 하면서 자주 쓰는 '긴' 화법이 좋다. 그 뒤에 생략된 말들이 좋기 때문이다.

며칠씩 시위할 때보다 더 힘들었어요?

응. 그때는 젊어서 겁이 없었어.

그리고요?

배우고 나니까 가만히 있기도 싫었고.

왜 지금도 계속하시는 거예요?

안 되는 줄 알아도, 계속해왔고, 계속할 거고.

어떻게 그게 돼요?

그냥 하는 거지. 하면 좋으니까.

아줌마는 늘 행동으로 내게 말하는 사람이었다. 나는 아줌마가 정직하다고 생각한다.

규칙적으로 들려오는 아줌마의 숨소리만 존재하는 깜깜하고 적막한 이곳의 밤. 나조차 없는 것처럼 느껴진다. 나는 불을 끄고 가만히 누워 젊을 적 아줌마를 떠올린다. 떡하니 신문 기사에 얼굴이 찍혀 나온 걸 사장이 들이미는데도 몰라요, 하고 시치미를 뗐던 아줌마. 운 좋으면 계속 다닐 수 있고 운 나쁘면 그 자리에서 잘릴 것이었으므로 일단 시치미부터 떼고 봤던 아줌마. 그게 어떤 마음인지 알 것만 같아서 나는 아닌 밤중에 웃다가 조금 울고 말았다. 지금은 못 할 것 같다는 일을 그때는 어떻게 할 수 있었을까. 아줌마는 자기도 잘은 모르겠고 약간의 오기가 있었던 것 같다 말했지만 나는 그녀에게 약간의 오기와 함께 어떤 유의 사랑이 있었을 것 같다는 생각이 든다. 사람과 사랑 때문에 그랬을 거라고. 사람에 대한 사랑 때문에.

박오기 씨, 일어나세요.

맥주 좀 마셨다고 늦잠 자는 사람이 아닌데 웬일로 아줌마가 늦게까지 자고 있다. 아줌마가 좋아하는 뭇국을 끓여놓고 마당에 남은 것들을 마저 정리하고 있는데 저쪽에서 하얀 강아지 한 마리가 다가왔다. 그동안 내가 챙겨준 음식과 물을 먹고 사라졌던 게 너였구나. 사실 너인 줄 알고 줬지만. 강아지는 배를 채운 뒤에 무언가를 들여다보듯 빤히 나를 바라보다가 다시 갈 길을 갔다.

아줌마와 나는 아침밥을 먹고 버스터미널로 갔다. 마을버스를 놓칠 뻔했으나 아줌마나 나나 뛰는 데는 일가견이 있었다. 우리는 집에서 출발할 때부터 운동화 끈을 바짝 조여 매고 정류장까지 뛰었다. 간신히 마을버스를 타고 시내에 내려 다시 터미널로 가는 버스를 갈아탔다. 터미널에서 커피우유를 사 마셨고, 버스에 타면 다시 좀 자기로 했다. 얼마나 잤을까, 버스기사의 안내방송에 눈을 떴다.

오늘 안에는 도착을 하는데유, 혹시 몰라서 국도로 좀 돕니다.

아줌마와 나는 마주 보고 웃었다. 그리고 다시 좀 잤더니 금세 승호에게 도착했다. 승호는 우리가 면회를 왔다는 사실을 믿기 힘들어했다. 어쩌면 엄마는 자신이 제대할 때

까지 한 번도 안 올 수 있다고 생각했다는 것이다. 그도 그
럴 것이 어떤 면에서 아줌마는 좀 화통하기 때문인데, 말하
자면 울고 걱정하고 하기보단 웃고 믿고 하는 것이 아줌마
와 더 맞았다. 우리는 면회 구역에서 승호가 좋아하는 음식
들을 먹고 햇볕을 쐬며 시간을 보냈다. 승호는 우리에게 슬
프고도 놀랍고도 재밌는 이야기를 많이 들려주었다.

　승호는 승호의 시간을 살고 경아는 경아의 시간을 살기
를 바란다.

　면회 시간이 다 되어갈 때쯤 아줌마가 승호와 내 손을
한쪽씩 잡고 말했다.

　엄마도 엄마의 시간을 살아줘.

　엄마는 이미 그러고 있어.

　아줌마와 나는 터미널에서 헤어졌다.

*

　집으로 돌아와서는 며칠 동안 할머니 집을 정리했다.
방은 두 개였고 나는 혼자였으나 외롭지는 않았다. 나는 할
머니의 옷 한 벌과 일기장 그리고 수저 한 벌을 남겼다. 몇
장 없는 사진들도 일기장 사이에 끼워두었다. 집주인에게

전화를 걸어 월세 금액을 정산했고 가구 처분은 재호의 도움을 받았으며 하얀 강아지는 옆집 할아버지와 가족이 되었다. 그리고 나는 두 번, 할아버지에게 두부를 사다드린 대가로 말린 나물들을 얻었다. 괜찮다는데도 늘 넉넉히 챙겨주셨고 그런 날엔 나물을 잔뜩 불리고 볶아 비빔밥이나 전을 해 먹었다. 그러고도 남은 귀한 것들. 나는 그것들을 가방에 넣어 서울행 버스에 올랐다. 재호가 버스터미널까지 태워다주었다.

신당역에서 내려 아줌마의 집으로 가는 길. 날이 추워 입김이 훅훅 나왔다. 나는 여러 겹 입은 옷을 단정히 하고 개찰구를 빠져나왔다. 과연 슈퍼는 사라지고 없었다.

아줌마도 은비도 일하고 있을 시간이라 집에는 아무도 없었다. 나는 승호가 쓰던 방에 가방을 내려놓았다. 일주일 정도 이 방에 머물 예정이다. 짐을 풀고 가만히 누워 천장을 바라보았다. 4개월이 이렇게 길었나…… 그렇게 한참을 누워 있다가 깜빡 잠이 들었다.

경아야, 뭘 좀 먹고 있어.

아줌마의 메시지였다. 그제야 허기가 몰려왔다. 종일 아무것도 먹지 못했던 것이다. 부엌으로 가 물을 한 잔 마신 다음 냄비 두 개를 열어보았다. 하나는 된장국, 하나는 호박죽이 들어 있었다. 나는 호박죽을 데워 먹었다. 그러다 갑자기 눈물을 조금 흘린 것은 호박죽이 너무 맛있어서도, 무언가가 슬퍼서도 아니었다. 아줌마가 최선을 다해 살아온 삶의 모든 것을 내가 지금 나눠 받고 있다는 무자비한 따뜻함 때문이었다.

밤 11시에 퇴근을 하고 돌아온 아줌마와 집 근처 고등학교 운동장으로 갔다. 우리는 운동화 끈을 조여 매고 달리기 시작했다. 나는 아줌마의 뒤에서 아줌마를 따라 뛰었다. 운동장에는 우리 말고도 대여섯 명의 사람들이 달리기를 하고 있었다. 이 추위에 다들 대단하다고, 나는 생각했다. 몇 바퀴쯤 돌았을까. 이제 나는 아줌마와 멀어져 다른 사람들하고 섞여 뛰게 되었고 중간에 힘이 들면 잠시 멈췄다가 다시 뛰었다. 너무 힘들 땐 그러는 게 좋다고, 아줌마가 알려주었다.

여
름
밤

1

지난 5월엔 지붕을 수리했다. 기와 여기저기 색이 빠지거나 깨진 곳이 많았다. 준경 씨가 아버지와 함께 와서 기와 사이에 낀 먼지와 이끼를 긁어내고 세척했다. 하루이틀은 말려야 한다기에 알겠다고 했다. 준경 씨가 가고 난 뒤 은영 씨와 나는 가로등 아래 나란히 앉아 부드러운 바람이 불어오길 기다렸다. 바람결에 풀 향기가 실려 왔다. 나는 천천히 떨어지는 꽃잎들을 바라보았다. 집으로 돌아와 겉옷을 벗어둘 때, 옷과 함께 떨어져 내리는 벚꽃 잎을 주워 책 사이에 끼우거나 끼웠던 꽃잎을 꺼내 코팅기로 코팅하면 은영 씨로부터 쓸데없는 걸 한다는 타박을 듣기도 했다. 나는 나를 타박하는 은영 씨가 좋아서 아랑곳하지 않고 계속

쓸데없는 일들을 했다. 내년 봄도 은영 씨와 함께 보낼 수 있을까. 어두운 밤 산책길엔 어디선가 풍겨오는 은은한 라일락 향기를 맡고 주말이면 준경 씨네 밭에서 쑥을 캐고 쑥국 한 그릇과 오이지를 두고 소박한 밥 한 끼를 먹는 일. 은영 씨는 이른 열대야가 계속되던 어느 여름밤 조용히 사라졌다.

갔구나.

이 시간이면 부엌에서 볶은 보리를 넣고 보글보글 끓인 차를 마시던 은영 씨를 생각하며 커피를 내렸다. 전날 끓여둔 보리차가 아직 남아 있었다.

은영 씨, 옷 거꾸로 입은 것 같은데요.

제가 설마요.

잘 좀 보세요.

어머, 그러네.

파란색 반팔 티셔츠를 거꾸로 입고 차를 끓이던 모습이 생생하다. 조만간 좀 떠나 있어야 할 것 같다고 봄부터 말해왔기 때문에 놀라지는 않았다. 이유를 말하지 않아도 되느냐는 은영 씨에게 나는 된다, 안 된다, 한마디도 할 수가 없었다.

되는지 안 되는지 모르겠어요.

미안해요.

미안할 것까지는 없지만 종일 얘기해도 끝이 나지 않았으므로 결국엔 나중에 다시 얘기하자고 결론이 났다. 올해가 가기 전엔 올 거예요. 빠르면 가을일지도 모르고……다시 돌아온다는 것에는 변함이 없어요. 은영 씨가 말했다. 그런 말을 들어서 가지 말라는 말은 못 하고 고개만 끄덕였다. 마지못한 그 모습이 보였겠지. 그래서 저 내일 가요, 말하지 않고 갔겠지. 나는 커피가 담긴 도자기 머그잔에 그려진 은영 씨를 보았다. 지난겨울 선배의 공방에서 같이 만든 잔이었다. 나는 얼음을 가득 넣은 커피를 마시면서 이곳에 없는 은영 씨를 생각했다. 그렇게 차가운 걸 빈속에 먹으면 좋지 않다구요. 우리 건강하게 오래 살아요. 다정한 타박을 듣고 싶다, 생각하면서.

집에 있어요?

네.

하루랑 산책 중인데 같이 할래요?

그래요.

20분 후에 집 앞으로 갈게요.

네. 혹시 커피 마실래요?

좋지요.

준경 씨였다. 하루는 골든 리트리버로 상은 씨가 키우는 개인데, 밤샘 작업을 한 날이면 준경 씨가 종종 산책을 해주곤 했다. 나는 새 커피를 내려 얼음이 담긴 텀블러에 따랐다. 흰색 반팔티에 청록색 반바지를 입은 준경 씨가 대문 앞에 서 있었다. 하루가 내게 알은체를 했다.

하루가 웃네요.

그러네요.

잘 지냈어요?

네. 봄에 바빴지요?

너무 바빴다가 이제 좀 괜찮아요. 장마고 폭염이고 하니까.

고생했어요.

지붕 수리하느라 그래도 얼굴 한번 봤다, 그쵸?

네. 상은 씨는 밤을 새웠나 봐요.

좀 전에 잠드는 거 보고 나왔어요.

준경 씨와 나와 하루는 방학 중인 고등학교를 향해 걸었다. 가는 동안 두 사람을 마주쳤다. 사람이 별로 없을, 그런 시간이었고 역시나 운동장엔 아무도 없었다. 은영 씨는

요? 하고 묻기에 드디어 떠났다고 했더니 준경 씨가 픕, 하
고 웃었다.

아, 미안해요. 웃으면 안 되는데.

그렇지만 나도 웃었다.

농담이고요, 어딜 좀 갔어요.

갔다고, 처음으로 갔다고 입 밖으로 꺼내자 불안한 마
음이 들었다. 이럴 줄 알았다고 생각할 때 하루가 지친 듯
그늘을 찾아가 앉았고 준경 씨가 하루에게 물을 주었다. 우
리는 하루 곁에 앉아 바자우족을 찍은 다큐멘터리를 보았
다. 나라가 없어 동남아의 여러 해상을 떠돌며 산다는 설명
이 있었다.

정말 바다 한가운데가 집이에요.

물가도 아니고 진짜 한가운데네요.

육지보다 바다가 더 편하대요.

어릴 때부터 살았으니까.

폭풍우가 불면 잠깐 육지로 가고.

그때도 바다에 있으면 안 되지요.

안 되지요.

교역을 하며 살아가네요.

저걸로 저렇게 쉽게 잡다니.

어떤 사람이 하는 일이 쉬워 보이면 그 사람이 그 일을 잘하고 있는 거래요.

그렇게 말하고 준경 씨가 자리를 털고 일어났다.

근데 은영 씨는 어딜 간 거예요?

글쎄요. 동남아 어느 해상……

착한 준경 씨가 엄지를 치켜들며 웃어주었고 나는 텀블러를 넘겨받으며 한여름 햇볕을 마주했다. 인상을 좀 썼더니 아프면 연락하라고 하기에 고개를 끄덕였다.

꼭 해요. 낫겠지, 하지 말고.

네. 좋은 하루 보내요!

새벽 5시면 이 운동장을 함께 뛰곤 했던 은영 씨를 생각하며 집으로 돌아가는 준경 씨와 하루의 부드러운 뒷모습을 하염없이 바라보았다. 하염없이 은영 씨를 떠올리며 그렇게 했다.

아프면 연락하라는 말이 무색하게 그날 밤부터 끙끙 앓았다. 나는 민희 씨에게 연락을 해 가게를 열지 못할 것 같다고 전했다. 다시 연락을 나누자는 짧은 통화를 끝으로 침대에서 이틀 동안 일어나지 못했다. 늘 있는 일이어서 서럽거나 하지는 않았다. 이틀 후에 휴대폰을 보니 닫으면 안되고 점심 장사까지라도 혼자 해보겠다, 방학이어서 바쁘지 않아 가게에 문제가 없었다, 필요한 게 있으면 언제든 연락하라는 민희 씨의 메시지가 있었다. 나는 말끔해졌다는 답장을 보냈다.

말끔하긴. 그래도 어제보단 조금 낫나 봐요? 은영 씨의 목소리가 들려오는 듯해서 겨울 이불을 걷어내고 자리에서 일어났다. 조금 낫다, 생각하면서 냉장고를 열었다. 냉장고에는 오이와 양상추, 베이컨과 당근, 달걀과 우유가 있었다. 나는 비엔나소시지와 파를 꺼냈다. 모두 은영 씨가 사다 둔 것이었다. 자그마한 냄비에 물을 붓고 소시지와 파, 네모난 치킨스톡을 하나 넣는 간단한 음식을 만든다. 우리가 아플 때마다 해 먹던 음식. 모든 것이 조금 느린 내게 어느 세월에 그 파를 다 썰 거냐고 진지하게 묻던 목소리가 떠오른다.

보채지 말아요. 파 좀 늦게 썬다고 세상이 무너지진 않는다구요.

안 보챌게요. 보채니까 더 느려졌네요.

느렸지만 은영 씨와 함께 있으면 할 말이 너무나도 많아 말이 빨라지곤 했다. 평소와 달리 넘치는 말을 주체하지 못하고 쏟아내던 어느 여름밤. 그 밤을 넘어 새벽 4시인가 5시에 나는 은영 씨에게 고백했다.

아니, 이 시간에······.

이 시간이 왜요.

말은 했지만 속으로는 새벽은 좀 그런가. 내일 할까, 수십 번을 고민했다.

냄비 가득 파를 썰어 넣어도 괜찮아요. 괜찮다는, 결국엔 맛있어질 거라는 은영 씨의 말을 믿고 파를 썰던 새벽. 여름에 불 앞에서 있기란 어려운 일이죠. 생색을 내던 것치고는 간단한 음식. 가늠되지 않는 파의 양 같은 것은 아무 상관이 없었다. 그날 새벽 우리는 소시지와 파를 넣어 끓인 전골과 함께 작은 위스키 한 병을 비웠다.

여기 컵 안에 뭐가 묻었어요.

아니, 이거 도자기라서 그래요.

진짜예요?

은영 씨, 취했다면서 이건 보이시는구나.

네. 취했는데 이건 보여요.

안 취한 거 같은데요.

취했어요.

전에 없이 많이 취했다는 은영 씨가 깊은 컵 바닥에 찍힌 검은 점을 가리키며 새 잔으로 바꿔달라고 한 순간이었다. 그때 그 깜찍한 얼굴과 깜찍한 표정을 아직 기억하고 있다. 그동안 깜찍하다는 단어를 나는 써본 적이 없거나 써

봤어도 아마 서너 번 이하였을 것이다. 외국어도 아닌데 그 정도였고 나는 내가 깜찍하다는 단어를 알고 있어 딱 맞는 순간에 꺼내 쓸 수 있다는 사실이 기뻤다. 그때 은영 씨의 얼굴은 깜찍하다는 표현에 너무나도 딱 들어맞았고 별게 다……라고 사람들이 말한대도 상관없었다. 난 내가 알던 대로 무감각한 인간이 아니었구나. 이 사람이 너무 사랑스러워. 처음으로 그런 생각이 들었고 너무 기뻤고 그 후로는 왜인지 무엇도 부러운 것이 없었다. 사람들은 자주 이런 기분으로 세상을 살았나. 낯선 우주에 떨어진 기분이었다. 그전까지 나는 우주라는 단어도 써본 적이 없었다. 두 팔을 양옆으로 벌리면 생기는 공간. 그 정도만 내 세상이라고 생각하던 날들. 그 컵이 아니었다면 우린 어떻게 되었을까, 모르겠다. 모르겠고 백번을 생각해도 다행일 뿐이다.

혼자서 창밖을 바라보며 소시지와 파를 썰었다. 칼질 실력이 는 후에는 또 너무 빨리 썰지 말라며 손을 조심하라는 얘길 들었다. 은영 씨, 어쩌라는 거예요. 내가 말하면 은영 씨는 제가 왜 이러는 걸까요, 하면서 멋쩍은 표정을 짓곤 했다. 역시 깜찍하다……라는 생각을 하곤 했고 귀엽고 깜찍한 것엔 도무지 당해낼 재간이 없었다. 파가 흐물흐물해질 때까지 끓인 전골은 따뜻하고 고소하고 달콤했다.

수저를 내려놓았을 때 앞집에서 노래가 시작되었다. 이 집과 마주 보는 초록 지붕 집으로 내 또래로 보이는 부부와 자매, 이렇게 네 식구가 산다. 자매는 모두 중학생인데 지난봄 구입한 노래방 부스를 이층에 설치한 뒤부터 거의 매일 노래를 불렀다. 투명한 부스 안에는 미러볼까지 있어 자매들은 아침이고 저녁이고 신나게 노래를 했다. 어느 정도는 방음이 되었지만 최신 댄스곡이 공간을 뚫고 슬쩍 들려오는 것까지 막을 수는 없었다. 몰랐던 곡들 중에서 듣기 좋은 노래들도 있어서 몇몇 노래를 따로 찾아들은 적도 있고 들려오는 노래들을 따라 제멋대로 흥얼거리는 적도 있었다. 언니의 이번 곡은 내가 중학생 시절 유행한 미디엄 템포의 댄스곡이었다. 이 노래를 어떻게 알았을까. 언니가 노래를 하는 동안 동생은 리코더를 불었다. 청록파 시인의 시에 곡을 붙인 가곡이었다. 초록 지붕집 자매들은 서로를 사랑할 것 같다. 저 좁은 부스 안에서 따로 또 같이 잘도 시간을 보내니까.

나는 은영 씨와 둘이 원룸에서 살던 시절을 떠올렸다. 방 한 칸에 빨래를 말리는 날에는 건조대가 앞을 막아 텔레비전을 못 봤다. 아주 작은 테이블 두 개를 반대로 두고 각자 일하다가 식사 시간이 되면 노트북을 바닥에 내려두고 테이블을 붙여 같은 음식을 먹었다.

오랜만에 들으니 좋다, 하면서 설거지를 하고 물을 두 잔 마셨다. 짜게 먹으면 건강에 좋지 않다구요. 우리 건강하게 오래 살아요. 오래 기다려왔으므로 앞으로는 건강하게 오래 살자고, 은영 씨가 있었다면 그렇게 말했을 거라고 생각하면서. 나는 전보다 자주 휴대폰을 들여다보게 되었지만 기다리는 연락은 없었다.

2

그해 여름, 몇 년 연락이 끊겼던 은영 씨가 나를 찾아왔다. 어머니를 떠나보내고 1년쯤 되었을 때였다. 작은 트렁크를 하나 들고 있었고 온몸은 비에 흠뻑 젖은 채였다. 아직 녹지 않은 하얀 눈이 어깨에 쌓여 있었다면 좀 나았을까, 모르겠다. 아직 환한 오후였는데도 어두웠다는 기억이다. 다른 사람들은 다 따뜻해 보이는데 은영 씨가 서 있는 하늘 위에만 비구름이 뜬 듯, 비가 온다는 말에 속아 미리 온 몸을 적시기라도 한 듯 보였다. 비가 오면 그때 맞지 대체 왜 미리 그러나요. 왜 그러는지, 왜 하필 혼자만 조각 비구름 아래 서 있었는지 알 것 같았고 내가 할 수 있는 거라곤 은영 씨에게 잘 마른 수건을 주는 것뿐이었다. 젖은 머리칼을 꾹꾹 누르며 휴 이제 좀 살 것 같다, 보송보송하네요, 은영 씨가 보송보송이라는 단어는 처음 내뱉어본다며 웃었고 그 후엔 같이 따뜻한 차를 마셨다. 그쪽에서도 내쪽에서도 그 이후에 어떻게 지냈는지 묻지 않았고 은영 씨는 지난달에 어머니가 돌아가셨다는 얘길 전했다. 머무는 동안엔 간단한 밥을 지어 나눠 먹은 것이 다였다. 은영 씨는 나의 집에서 일주일쯤 머물다 저 갈게요, 하고 돌아갔다. 그쪽에서도 어디로 간다는 말도 없었고 내 쪽에서도 묻지 않았다. 은영 씨가 가고 나는 전과 다름없는 하루하루를 보냈다. 그러려고, 노력했다. 노력했지만 잘 되지 않았다. 잘 안 되는구나. 잘 안 된다. 잘 안 되는 정도가 아니라 전혀 되질 않았고 그러다가 알게 되었다. 내가 은영 씨를 무척 보고 싶어 했다는 것을. 살면서 누군가를 그만큼 그리워한 적은 없다는 것을. 은영 씨가 내게 어떤 의미인지를.

3

토란대 커진 것 좀 보세요. 가을이 오려나 봐요.

준경 씨네 밭에서 상은 씨와 같이 깻잎을 수확하며 한나절을 보냈다. 가을이 오기 전엔 은영 씨가 돌아올 거라고 믿었던 마음과 오길 바랐던 마음은 얼마나 다른 이야기인가 하면서 수북하게 쌓인 깻잎을 바라보았다. 왜인지 아끼는 마음이 든다, 라는 생각으로 집에 돌아와서는 밤늦게까지 한 장 한 장 깻잎을 씻은 뒤에 잘 끓인 간장을 부었다. 은영 씨가 좋아하는 반찬이었고 깻잎은 너무 많았다.

귀뚜라미가 오래 우네요.

아침에 일어나니 은영 씨로부터 메시지가 와 있었다.

벌써요?

답장은 다시 오지 않았다.

은영 씨의 방으로 향하는 계단을 오를 때마다 나던 삐그덕삐그덕 소리가 더 커진 것 같았다. 이 집은 지은 지 43년 된 집으로 나와는 평생 왕래가 없던 할머니가 돌아가시기 전까지 살던 곳이다. 나는 이 집 일층의 방 한 칸을 쓰고 있고 이 방에선 마당이 내다보인다. 마당 안 작은 텃밭을 일구는 데 필요한 삽과 호미 같은 것들이 담장 아래 세워져 있는데 마지막으로 쓰인 것이 언제인지는 모르겠다. 골목길에 나란한 다른 집들은 봄이면 모두 담장 아래 무언가를 심느라 분주했으나 이 집만은 몇 년 동안 고요했다. 내년엔 같이 무엇을 심어볼까, 호미들 모두 우리보다 나이가 많은데 아직 튼튼하다며 은영 씨와 이야길 나누곤 했었다. 호미뿐 아니라 이 집의 거의 모든 물건은 4, 50년씩 되었다. 그릇이며 가구가 그랬고 세탁기와 에어컨만 교체되었다. 내가 가진 물건 중에 가장 오래된 것은 39년 된 귀이개로 내 어머니가 쓰던 것이다. 나는 일주일에 한 번씩 귀이개를 사용할 때마다 어머니를 그리워하곤 한다.

사람이 없어도 먼지는 쌓이는 법이니까, 하면서 청소를 한번 한 뒤로 얼마간 열어보지 않았던 은영 씨의 방에서 필요한 책을 한 권 찾았다. 둘러보면 별건 없고 은영 씨가 없다는 사실만 있는, 그런 방이었다. 이 집에 처음 온 날 내가 사 온 꽃은 이제 곰팡이가 슨 채로 말라 있었다. 나는 그 마른 꽃을 가지고 은영 씨의 방을 나왔다.

매주 토요일 저녁마다 이뤄지는 밥 모임엔 부지런한 상은 씨를 따라 참석하기 시작했다. 사람들은 내게 어쩜 이렇게 한 번도 빠지질 않는다고 엄지를 치켜든 다음 매번 은영 씨가 돌아왔느냐고 물었고 나는 아직이라는 대답을 반복했다. 그러시구나, 사람들이 말하면서 내게 어쩜 이렇게 늘 밝고 성실하냐고, 원래 그랬느냐고 물어왔다. 아뇨, 전혀요. 그렇게 대답했다.

이번 주 메뉴는 오이와 미역을 넣은 된장냉국이었다. 사람들이 미역을 물에 불리고 오이를 써는 동안 나는 물에 된장을 풀었다. 된장냉국은 처음이라며 들뜬 사람들 사이로 은영 씨 생각이 났다. 여름밤이면 은영 씨가 자주 만들어주던 음식이었다. 오이가 써요, 말하면 쓰지 않다고 우기던 사람. 분명히 쓴데, 쓰지 않다고 웃음을 참던 얼굴이 떠오른다. 쓴 오이를 먹고 된통 앓은 뒤엔 다시 그러진 않았다. 지금 같이 있었다면 나는 그 순간을 생각하지 않았을지 모른다. 그래서, 그러니까 나는 그리워하는 이 순간조차 왜 좋지, 함께 있지 않은데 대체 왜, 하면서 된장을 풀었다. 은영 씨는 같이 있는 것만으로도, 바라보는 것만으로도 좋은 사람이었고 보지 못할 때조차 여전히 좋은 사람이 되어버렸다. 은영 씨는 내게 그런 사람. 너무한 건가, 좀 과한가 생각하면서 고춧가루를 넣고 다진 마늘과 식초를 넣었다. 준경 씨가 알맞게 썬 미역을 냉국이 담긴 볼에 넣었고 상은 씨는 채 썬 오이를 맛보고는 많이 쓰다고 말했다. 사람들이

상은 씨를 따라 오이를 먹었다. 큰일이네, 진짜 쓰네. 사람들이 말하기에 이렇게 쓴 건 먹으면 안 된다고, 오늘 같은 여름밤에 크게 앓게 될지 모른다고 주의를 주었다.

우리는 미역만 넣은 된장냉국에 홍고추와 깨를 띄워 흰쌀밥과 함께 먹었다. 자동재생되는 음악 플레이어에서 캐롤이 나와 다들 한여름의 크리스마스라며 한마디씩 했다. 밥을 다 먹고 옥수수를 찌고 있을 때 상은 씨가 제주에 한번 가지 않겠느냐는 얘길 꺼냈다. 준경 씨는 시간이 안 되고 당구장을 운영하는 석구 씨하고 셋이서 가자는 것이었다.

제주에는 한 번도 안 가봤어요.

그러시구나. 생각해보고 얘기해주세요.

상은 씨가 말했다. 찜기에선 동그란 김이 푹푹 나와 달콤하고 고소한 옥수수 냄새가 작은 부엌에 퍼져나갔다. 노란 조명 아래 일곱 사람. 준경 씨가 실수로 방귀를 뀌는 바람에 모두가 웃었다. 준호 씨와 지영 씨가 갑자기 웃기는 바람에 그런 것이었다. 다 웃은 것 같으면 갑자기 또 웃고 이제 좀 잦아들었나 싶으면 또 한번 웃음이 터졌다. 그렇게 두세 번 반복한 뒤에는 이 정도 사이에서 방귀를 뀌어도 되는 건지, 그래도 그건 좀 그런지로 이야기가 흘러갔다. 사람들의 진지한 말투와 맥주를 따르고 잔을 내려놓는 소리가 좋아서 벽에 기대선 채로 그 모습을 오래 바라보았다. 기다리다 보면 길이 보이긴 할 거라고 석구 씨가 사람들에게 말하는 소리에 문득 정신을 차렸다. 어느 세월에, 누군가의 목소리가 들려왔다. 나는 아까부터 식은 맥주를 마저 마셨고 잘 삶아진 옥수수를 하나 먹었다. 다 함께 설거지를 하고 그 집을 나왔을 땐 깜깜한 밤이었다.

여름밤이 기네요.

사람들을 배웅하던 상은 씨가 말했다.

그날로부터 열흘 후에 나는 김포공항에서 국내선 지문을 등록하고 검색대를 통과했다. 아무렇지도 않았던 마음이 검색대를 통과하자 조금 설레기 시작했다. 혹시 창밖을 보시겠어요? 상은 씨는 나를 창가 자리로 안내했다. 은영 씨가 쓰던 작은 트렁크를 선반에 넣고 자리에 앉았다.

오 이런. 하필 날개 옆이네요.

석구 씨가 말했고 나는 '날개'라는 단어 앞에 왜 '하필'이라는 말이 붙어야 하는 건지 몰랐으므로 상관이 없었다. 비행기가 이륙하고 얼마간 날고 있을 때 괜찮았느냐고 상은 씨가 물었다. 몇 년 전 비행기를 처음 탔을 땐 진짜 무섭고 두려웠는데 이젠 아무렇지도 않다고 대답했다. 첫 비행으론 어딜 갔었어요? 묻기에 베트남이요, 라고 대답했고 그 뒤로는 날개만 바라보았다. 내 앞뒤에 앉은 사람들은 몇 번씩 카메라를 꺼내 창밖 풍경을 찍었다. 하늘에서 내려다보면 빨간 지붕만 눈에 띄더라구요. 지금 당신 집은 파란 지붕이지만 그래도 찾아갈게요. 잘 찾을 수 있어요. 언젠가 은영 씨가 했던 말을 떠올리며 정말 그렇구나, 하면서 뒤쪽으로 고개를 돌려 지붕들을 바라보다가 목이 좀 아플 것 같으면 날개만 바라보았다.

날개만 봐서 어떡해요.

계속 보니까 날개도 예뻐요.

진짜예요?

진짜예요. 잘 살펴보면 어디에나 아름다움이 있다는 말을 들은 적이 있거든요.

좋은 말이네요.

제주에서는 사흘을 보냈다. 말은 타지 않았고 바다를 많이 보고 그 근처를 많이 걸었다. 수평선으로부터 내게 가까운 쪽까지, 여름빛 아래 반짝이는 윤슬을 볼 때마다 은영 씨를 떠올렸다. 나는 은영 씨가 슬프거나 괴롭지 않길 바라고 있고 은영 씨도 그럴 것이라고 생각한다.

4

토란대를 손질하는 일손이 모자란다기에 준경 씨네 작업장으로 사람들이 모였다. 제주에 다녀오고 이렇게 다 모인 것은 오랜만이었다. 상은 씨와 함께 하루도 와 있었고 기분이 좋아 보였다. 먼저 온 사람들이 통통하다, 아름답다 이야기를 해가면서 토란 밑동을 잘라냈다. 활기찬 민희 씨까지 와주어서 일이라는 기분이 들지 않았고 물론 공짜 노동도 아니었다. 준경 씨가 하나둘 도착하는 사람들에게 돈부터 나눠 주자 먼저 받은 사람들이 웃었다.

어디서 이렇게 좋은 향기가 나죠?

포도예요. 옆에 보시면 포도가 있어요.

민희 씨가 와, 포도 향이 이렇게 좋은 거였군요, 하면서 장갑을 받아 꼈다. 모인 사람들의 반이 적당한 크기로 줄기를 자르면 나머지 반이 껍질을 벗겼고 껍질을 벗긴 줄기를 다시 먹기 좋은 크기로 자르면 되는 것이었다. 이걸 어느 세월에 다 하나. 석구 씨가 말했고 어느 세월에 파를 다 써느냐는 다정한 타박을 하던 은영 씨를 그리워할 때 준경 씨가 무슨 생각을 그렇게 하느냐며 다치면 안 되니 손을 조심하라고 말했다.

곧 추석을 앞두고 있었으나 여름휴가 얘기가 화두에 올랐다. 모인 사람들 중 절반은 여름휴가를 다녀오지 않았다고 하면서 내게 제주에서 뭐가 가장 좋았느냐고 물어왔다. 나는 비행기 날개가 갖고 있는 아름다움과 바다의 잔물결들 그리고 한림에서 표선으로 가는 길에 본 무지개에 대해 이야기했다. 정확한 지명은 모르겠으나 그 길 어디쯤이었다고. 비가 내리지 않았는데도 무지개가 떠 있더라구요.

그래요?

네. 엄청 튼튼한 무지개가.

나는 휴대폰을 꺼내 사람들에게 사진을 보여주었다. 진짜네, 하는 말에 이제 믿으시는구나, 하고는 장갑을 다시 끼고 껍질을 벗긴 토란 줄기를 잘랐다. 상은 씨와 석구 씨도 운전을 하다 깜짝 놀랐다고 말을 보태주었다. 의외로 무지개 볼 일이 거의 없어요, 맞아요, 하고 나서는 민희 씨의 방 안 휴가법에 대한 자세한 이야기를 들었다. 비행기나 카누로만 갈 수 있는 아마존 영상을 틀어놓고 족욕을 한다는 것이었다. 실제로 발을 물에 담그고 있으니까 뭔가에 물릴 것 같은 착각도 들지요. 민희 씨가 말했다.

그로부터 한 달쯤 지난 오후에 석구 씨가 가게에 들러서는 낮에 주웠다면서 밤 한 소쿠리를 민희 씨 앞에 두고 갔다. 민희 씨는 고개를 갸우뚱하다가 상은 씨의 부탁으로 하루를 산책시키러 나갔다. 한 시간 후에 돌아와서는 마로니에, 라고 하면서 밤처럼 생긴 열매 하나를 내려놓았다. 손 안에 쥐자마자 너무 딱딱해서 밤이 아니란 건 알았다.

독이 있다니까 먹으면 안 될 거예요.

너도밤나무라는 이름이 너무 좋네요.

야 너도, 그런 뜻일까요.

밤을 나눠 받았으나 허전한 마음으로 집으로 돌아오는 길에 이렇게 갑자기 가을인가, 하다가 그렇다면 겨울도 곧, 이라는 생각이 들었다. 집 앞에 당도했을 땐 끄고 나온 집의 조명들은 여전히 꺼진 채였다. 누구도 켜지 않았으므로 당연한 일이었고 그러자 누군가 켜주길 바라고 있다는 걸 알게 되었다. 오래전 은영 씨를 기다리게 했던 만큼 나도 기다릴 자신이 있었는데 정작 은영 씨의 마음은 그런 나의 자신 있는 마음과는 상관없을 수 있구나. 마지막을 미리 알 수 있는 법은 없지. 마지막인 줄 몰랐던 그 여름밤이 왠지 마지막이었을 것 같다는 생각을 처음으로 했다.

5

해가 바뀔 때까지 은영 씨는 돌아오지 않았다. 한 번, 메시지를 보내보았으나 답이 오지 않았다. 나는 여전히 매주 밥 모임에 나갔고 2주에 한 번씩은 은영 씨의 방을 청소했다. 안 그래도 깨끗한데 자꾸만 청소를 해서인지 내 방보다 더 윤이 나기에 이렇게까지 잘해주고 싶진 않다, 한 달은 좀 심했고 3주마다 청소를 하자, 생각했다. 몇 년째 돌보지 않은 다락이며 지하실까지 청소를 한 날에는 준경 씨와 민희 씨가 도와주었다. 일을 마치고는 비엔나소시지와 파를 넣은 따끈한 국물에 위스키를 마셨다. 봄에는 예정한 대로 마당의 작은 텃밭을 처음으로 일구었는데 그때는 준경 씨와 상은 씨의 도움을 받았다. 할머니가 썼을 오래된 농기구들을 잡는 순간에, 애써야겠다, 하는 마음이 저절로 들었는데, 애쓰지 말고 그냥 뒀다가 너무 뒀나 싶을 때 살펴보면 돼요, 어떤 느낌인지 알겠죠, 준경 씨가 말했고 나는 아뇨, 고개를 갸우뚱했다. 곧 알게 될 거라는 준경 씨의 말에 조금 마음을 놓고 다양하게 사 온 모종을 간격을 두고 심었다.

카이스트에 실패연구소가 생길 거래요.

드디어 실패를 연구하는군요.

얼음을 넣은 매실차를 한 잔씩 마시고 일어나면서 밭에 너무 애쓰지 않아야 성공하게 될 거라고 준경 씨가 다시 강조했다. 나는 이번엔 알겠다는 뜻으로 고개를 끄덕였다.

얼마 전부터 일층 부엌 창가에 찾아오는 새끼 고양이에게 밥을 챙겨주기 시작한 것 말고는 변함없는 일상을 보내고 있다. 새끼 고양이가 며칠 보이지 않아 주변을 둘러보면 맞은편 초록 지붕 집 옥상에 있었다. 봄이 한창이었으므로 주말이면 준경 씨네 밭에 가서 일을 돕고 상추며 쑥을 뜯어왔다. 그리고 종종 하루와 산책을 할 때는 은영 씨와 함께 손을 잡고 걷던 동네 구석구석을 잘 살펴보곤 했다. 하루는 총총총 산책을 즐길 뿐이었고 은영 씨를 기다리는 일은 아무것도 하지 않으면 되는 일이어서 잘 할 수 있었다.

봄이 끝나갈 무렵 석구 씨네 집에서 잔치가 있었다. 석구 씨 어머니의 100세 맞이 잔치였다. 나는 아침마다 세수를 하고…… 석구와 먹을, 아침을, 준비하고…… 마당에 작은 텃밭을 돌봅니다. 설거지는…… 석구가 하고요. 내 하루는 80년 넘게 변함이…… 없어요. 지금까진 그랬어요. 이렇게 모이는 건, 내 생각은 아니었지만, 와주셔서, 모두 고맙고…… 여러분도, 건강하세요. 어머니가 말했다. 언니, 우리도 건강해요. 민희 씨가 눈에 눈물을 그렁그렁 달고 말했다.

민희 씨와 집 앞 나들가게에 들러 맥주 여덟 캔과 쥐포 튀김을 샀다. 오늘은 왜인지 아련한 마음이 든다며 자고 가도 되느냐고 물었다. 그러라고 하고는 풀벌레 소리가 들려오는 짧은 골목길을 걸었다. 아무래도 술을 좀 더 살까요, 하기에 다시 돌아가서 여덟 캔을 더 샀다. 무겁지만 견딜만해서 이런저런 얘길 하며 걸었다. 어릴 적 가졌던 꿈 이야기부터 최근 다녀온 이태원 앤티크 거리 이야기까지 생각나는 대로 아무 이야기나 주고받았다. 방독면이 30만 원. 대박이죠? 민희 씨의 말에 와, 비싸다 하면서도 오히려 한번 가보고 싶다는 생각을 했다.

왔구나.

대문을 열고 불이 켜진 집 안으로 들어갔다. 현관엔 은영 씨가 신고 나갔던 흰 운동화가 조금 낡고 까매진 채로 놓여 있었다. 돌아오려고 떠난 사람처럼 똑같은 얼굴의 은영 씨가 파란 티셔츠를 입고 마루에 앉아 머윗대를 손질하고 있었다.

제가 진짜 꽃을 사 오려고 했거든요?

은영 씨가 말했고

정말이에요.

덧붙였으나 아무것도 필요 없었다.

참외도 사 왔네요?

가슴이 뛰는 것을 참으며 내가 말했고 얼마나 기다렸
는지 모른다고 민희 씨가 말했다. 우리는 맥주를 두고 마주
앉아서 머윗대를 벗겼다. 민희 씨가 석구 씨 어머니의 잔치
이야기를 자세하게 들려주었다. 이렇게 술을 마구 마시며
할 이야긴 아닌데 무엇보다 건강하자는 이야기였지요. 우
리는 까매진 손으로 이따금 쥐포 튀김을 집어먹었다.

별로 안 보고 싶었나 봐?

갑작스러운 은영 씨의 반말에 당황했을 때

참외 사 왔네요? 이런 말 말고 더 반길 수는 없어?

은영 씨가 덧붙였다.

없어. 그리고 왜 반말이야.

동갑이잖아.

진작 놓든가, 10년 만에 이러는 건 무슨 경우야. 어색하
잖아.

견뎌. 이 정도 어색함은.

셋이서 맥주 열여섯 캔을 비우고 요리용으로 두었던 와
인까지 다 마신 뒤에야 그만 마셔야겠다는 생각이 들었다.

앞집 초록 지붕 자매들은 좋겠다.

갑자기 재매들은 왜요.

집에 노래방 기계가 있잖아요.

민희 씨가 먼저 방으로 들어가고 은영 씨와 나는 찌그러진 맥주캔을 모으고 바닥에 떨어진 과자 가루들을 치웠다. 그리고 삐거덕거리는 계단을 지나 이층으로 올라갔다.

밭에 힘들게 뭘 그렇게 많이 심었어?

은영 씨가 물었고

안 힘들어. 심어두고 그냥 조금 잊고 있으면 돼.

내가 대답했다. 우리는 빨아두었던 여름 이불을 꺼내 덮었다. 이불에서는 풀냄새가 났다. 이제 눈을 감고 이야기를 나누다가 잠들면 된다. 나는 세상의 모든 순간 중에 이 순간이 가장 행복하다고 생각한다.

얼른 자자. 4시가 넘었어.

응. 근데 이불 냄새 너무 좋다.

섬유유연제가 비싼 거거든.

그렇구나. 근데 이거 알아? 나 너한테 빨리 오려고 그곳에서도 5시면 일어나서 근처 초등학교 운동장을 뛰었어. 빨리 뛰는 연습을 해서 너한테 빨리 오려고.

지금 알게 되었어.

그치. 내가 지금 말했지.

근데 진짜 빨리 왔네.

응. 비행기를 타고 왔거든.

위
해

수현은 친구 부부의 셋째 출산을 축하하기 위해 그들이 사는 신도시에 갔다가 집으로 돌아오는 길을 잃고 남의 동네를 헤맨 적이 있다. 물론 들어가는 것도 쉽지 않았다. 정오가 막 지날 무렵 버스에서 내렸고 건너편 저 멀리에 108동이 있다는 것을 확인하고 횡단보도를 건넜다. 하지만 막상 단지 안으로 들어가서는 108동의 입구를 찾느라 애를 먹었고 현관 앞 최신식 화면을 보면서는 조작할 줄 몰라 버벅거렸다. 세대호출 방법은 친절하게 쓰여 있었다. 아주 가까운 사이라고 볼 수는 없으나 친구는 수현에게 1년에 한두 번쯤 연락을 해왔다. 그때마다 친구는 수현에게 집으로 놀러 오길 제안했고 수현은 만남을 미루곤 했다. 그렇게 메신저로 늘 보자 보자 말만 한 게 벌써 몇 년이었다. 몇 년이 지나자 친해져 있었다. 수현은 친구가 사는 도시로 갔다. 부부의 아이들은 자꾸만 엄마 아빠를 찾았고 바쁘지 않은 듯 바빠 보이는 그들을 돕고 싶었으나 뭘 어떻게 도와야 할지 몰라 어정쩡하게 앉지도 서지도 않은 자세를 취한 게 여러 번이었다. 얼마 전 초등학교에 입학한 첫째 아이는 소파 위에 올라서서 자꾸만 무야호라고 외치며 수현에게 호응을 유도했는데 미안하게도 전혀 반응해주지 못했다. 저녁엔 부부의 부모님이 오신다고 해서 일찍 그 집에서 나왔다. 긴 인사를 나눈 뒤에 겨우 현관문에 다다른 수현은 문을 열고 나가기 위해 도어락의 버튼 이것저것을 누르고 돌려보았으나 결국엔 친구의 도움을 받아 그 집을 나섰다.

엘리베이터에서 내리자 주차장이었다. 흰색 SUV 차량 아래에 홍시 하나가 놓여 있었다. 응? 웬 홍시가 여기에? 치우지 않으면 차를 움직였을 때 바퀴에 닿을 것 같았다. 홍시를 주우려 허리를 숙여 자세히 보니 토마토였다. 깨끗하고 신선해 보이는 빨간 완숙 토마토. 수현은 토마토를 주워 대충 턴 다음 가방에 넣었다. 미로 같은 주차장에서 또다시 입구를 찾아야 했다. 수현은 한숨을 쉬었다. 친구네 집에 왔다가 나의 집으로 돌아가는 단순한 일정이 이렇게 헤맬 일인가? 108동 앞에 나와서는 횡단보도 쪽이 어디였더라 하며 또다시 곤란함을 느꼈다. 하지만 관광이라 생각하자. 수현은 길도 모르면서 일단 걸었다. 관광지를 구경하는 관광객의 마음으로 가까워졌다가 멀어지는 단지 안 사람들의 모습을 골똘히 바라보았다. 같은 동을 두 바퀴째 돌고 있다는 걸 알았을 때 마침 선선한 바람이 불어왔고 수현은 이동 중인 주민들을 따라 호수공원을 빙 돌아서 신작로로 들어섰다. 그날따라 왜 그렇게 헤맸는지는 모르겠으나 바람만은 정말 좋았다.

가파른 경사면 아래로 난 신작로엔 공휴일을 맞아 오후 산책을 나온 사람들이 많았다. 일부러 찍은 사진 한 장처럼 한가로운 풍경이었다. 계절이 바뀌며 무성하게 자라는 중인 풀들은 벌써 반듯하게 정돈되어 있었고 깊이를 알 수 없었으나 얕지는 않을 거란 기운을 풍기는 수로엔 반대편으로 건너갈 수 있도록 돌 여섯 개가 놓여 있었다. 그 돌이 꽤나 크고 묵직하여 안심이 된 것이 아니라 왜인지 오히려 겁이 조금 났다. 이 정도 되는 돌을 받쳐야만 하는, 만만한 수로가 아니란 뜻으로 받아들여졌다. 그러자 혼자 건너다가 미끄러지거나 발을 헛디뎌 빠지기라도 하면 어떡하나 걱정스러웠다. 일단 수영을 못했으며 큰 위험에 빠질 정도의 깊이는 아닐지라도 옷이 젖기라도 한다면 집까지 두 시간 넘게 대중교통을 이용해야 할 일이 깜깜했다. 젖은 채로 다시 친구네 집으로 간다? 안 되지. 이 돌다리는 건너지 말자. 수현은 반대편으로 가야 버스정류장이 나올 거라고 생각했지만 바로 앞에 나타난 돌다리를 건너지 않고 쭉 걸었다. 시간이 더 걸리더라도 저 멀리, 위로 올라가는 계단이 보였으므로 계단을 오른 다음에 다리를 건너가야겠다고 생각했다. 위험에 빠지긴 싫었다.

경사면을 지탱하는 돌 사이사이엔 키가 작고 잎이 여린 조경수들이 띄엄띄엄 심겨 있었고 또 그 사이로는 잡초들이 무성했다. 웃자란 쑥이며 민들레며 토끼풀, 제비꽃들이 군락을 이루어 특히 눈에 많이 띄었는데 실제로도 그랬긴 하지만 그건 수현이 그것들 말고 다른 풀들의 이름을 모르기 때문에 더 그렇게 느낀 것이었다. 이런 작은 풀과 꽃에 대해서는 대체 어디서 배우는 걸까? 수현은 하트 모양 잎을 가진 작은 풀꽃에 스마트폰 카메라 렌즈를 갖다 대보았다. 비슷한 잎을 가진 식물들이 순식간에 주르륵 나와 화면을 가득 채웠다. 하지만 수현의 눈앞에 있는 풀과는 미세하게 달랐다. 이름을 꼭 알고 싶다. 눈앞에 있는 풀과 화면 속의 풀을 천천히 비교해보기로 마음먹은 수현은 넓적한 돌에 앉아 화면에 뜬 풀들을 하나하나 클릭해 오래 보다가 고개를 들어 하늘을 보았다. 이걸 찍어서 올린 사람은 없나

보다. 수현은 그 후로도 한참을 여러 포털사이트를 통해 검색하다가 결국 그만두었다. 목도 마르고 배도 고픈 것 같았다. 다시 사진을 찍어두려 렌즈를 가까이 대었더니 잎의 형태가 커지며 뭉개져 보였다. 조금 멀리서 다시 렌즈를 대었더니 잎의 형태고 뭐고 조금도 알아볼 수 없이 온통 초록일 뿐이었다.

이름을 알 수 없는 작은 풀 가까이 숙였던 허리를 편 수현 옆으로 일가족으로 보이는 사람 셋이 지나갔다가 다시 돌아왔다. 머리가 희끗한 남자와 여자 그리고 수현 또래로 보이는 여자였다. 그들의 시선을 따라가자 잡초들 사이를 종종거리는 작은 새 한 마리가 보였다. 새는 땅에 부리를 박았다가 고개를 드는 동작을 반복하였는데 그 종종거림이 조금 느리고 어딘지 어색해 보였다.

다리를 다쳤나 보다.

그러게.

저거 산비둘기인가 본데.

새끼인가 봐.

혼자 날아온 걸까?

잘 못 날 것 같은데.

저 작은 것이 그래도 먹고살겠다고 저렇게 다닌다.

어떡하지. 어디다 신고를 해야 하나.

어디다?

그들은 그 말을 마지막으로 몸을 돌렸고 뒷짐을 지거나 팔을 흔들며 가던 길을 갔다. 마음이 쓰였는지 가면서 한번 뒤를 돌아보았다. 그런 그들과 잠시 눈이 마주친 수현은 다시 절뚝이며 먹이 활동을 하는 새를 바라보았다. 어쩌다 여기까지 온 걸까. 다른 가족들은 어디 있는 걸까. 날 수는 있을까. 저들은 내가 아까부터 여기 앉아 있는 게 새가 걱정되어서 그런 걸로 여기진 않았을까. 난 그런 사람은 아닌데. 이제라도 신고를 해야 하나. 그러니까 대체 어디다. 저들이 멀어진 뒤로 지금 새가 아프다는 걸 아는 사람은 나뿐이다. 수현은 가방 안에 있던 토마토를 꺼내 작게 여러 번 베어 물어 손바닥에 뱉은 다음 새 근처에 던졌다.

수현아, 조용히 살거라. 아무래도 그게 좋지 않겠니.

어릴 적에 그 말을 해준 사람은 수현의 할머니였다. 수현은 할머니의 그 말이 아니었더라도 어차피 난 조용히 살지 않았을까, 아무래도 난 조용히 살지 않았을까 하는 생각을 하며 살아왔다. 그 생각을 할 때의 감정을 발설한 적은 없다. 감정이란 건 비밀로 해야 좋다. 억울하다고 말해선 안 된다고 배웠다.

할머니는 올해 74세가 되었다. 할머니에겐 아들 둘이 있었고 그중 하나는 30대 중반에 출가했다. 그는 출가한 지 20년이 되는 해에 사고로 세상을 떠났는데 그를 위해 전부터 해왔고 그 후로도 해온 할머니의 기도는 아직도 계속되고 있다.

너를 위해서도 기도를 한단다.

제가 조용히 살라고 기도하시나요?

잘 아는구나.

저를 위해서.

너를 위해서.

할머니는 고개를 끄덕이며 수현의 두 손을 맞잡곤 했고 수현은 아무 감정도 드러내지 않았다. 다시 말하지만 어차피 조용히 살았을 것 같아서였다. 해볼 수 있는 게 없을 때는 체념하는 편이 낫다고 수현은 생각했다. 조용히 살지 않아도 되는데 조용히 사는 거랑 조용히 살아야 해서 조용히 사는 것은 다르니까 체념하자. 수현을 평화롭게 만드는 그 지점이 평생 수현을 조용히 화나게 했다. 있잖아, 어쩔 수 없다는 사실을 온몸으로 받아들일 수 있는 사람이 있긴 있을까? 수현은 일정 시기마다 하루에도 수십 번씩 받아들인 것 같았다가 억울했다가 하는 감정의 징검다리를 오가곤 했다. 수현의 마음은 수심을 알 수 없어 위험해 보이는 수로 같았다. 그런데 나의 이 억울한 마음은 사실상 긍정에 가까운 것이 아닌가? 이것은 위험한 생각인가? 요즘 수현은 곰곰히 생각해보곤 한다. 많은 사람들은 수현이 행복하지 않을 거라고 생각한다. 심지어 할머니도 그렇게 생각하는 듯하다. 하지만 수현의 생각은 달랐다. 난 어느 정도 행복하고 나야말로 긍정에 가깝다는 생각이 드는 것이다. 짚고 넘어갈 것, 그런 생각을 할 때 중요한 건 역시 몰래 해야 한다는 것이다. 이런 생각을 하고 있다는 걸 들키면 정신 승리를 한 거냐고 조롱조로 물어오거나 외려 넌 사실 너 자신을 부정하고 있는 거야, 라는 판단을 받는 등 여러모로 좋지 않으므로 몰래, 몰래 왔다 갔다 해야 한다. 여러 번 강조해도 모자라지 않다. 몰래 해야 한다. 어차피 사람들이 뭘 모르더라도.

수현아, 네 말 생각해봤는데…….

응.

네 말대로 우리 헤어지자.

내 말대로라기보다는······.

응?

네 생각이······.

그래. 누구 생각이든 그러는 게 좋을 것 같네.

응.

우리를 위해서야.

음료가 담긴 유리잔에 맺힌 차가운 물방울을 매만지던
정호가 말했다.

아니, 나를 위해서인가.

정호의 손으로 옮겨간 물방울들이 테이블 위로 뚝뚝 떨
어졌다. 정호의 시선은 차갑게 변한 손바닥에 가 있었다.

아무튼.

아무튼.

연락은 하고 지내자.

그래.

마음 바뀌면 연락하고.

응.

지난 계절에 수현에겐 이런 일이 있었다. 썩 매끄럽진
않았으나 헤어짐에는 합의했다. 네 사람이 앉을 수 있는 테
이블이 하나, 두 사람이 앉을 수 있는 테이블이 하나, 사장

이 노트북을 올려두고 개인 용도로 쓰는 일인용 테이블이 하나 있는 작은 동네 카페에서였다. 말없이 팥과 아이스크림이 들어간 스무디를 먹던 두 사람. 유리문 바깥으로 구급차와 소방차가 사이렌을 울리며 지나갔다. 잠시 후에는 경찰차가 지나갔다. 수현과 정호는 6년 동안 만나왔는데 서로의 가족을 본 적은 없었다. 만나는 사람이 있다는 것은 대략 알고 있었으나 가족에게 서로를 소개하지는 않았다. 꼭 그래야 하는 건 아니지만 수현이 넌지시 얘길 꺼내면 정호가 미뤘고 정호가 넌지시 얘길 꺼내면 수현이 미루는 일이 1, 2년마다 반복되었다. 왜 그랬을까? 수현과 정호가 원래 만나는 사람을 가족에게 소개할 필요는 없다고 생각한 건지 그 둘이 만나면서 그렇게 생각하게 된 건지는 당사자인 둘도 잘 모른다. 아직도 모르지만 이젠 몰라도 된다. 아무튼 그런 순간에 넌지시 얘길 꺼낸다는 점에서 둘은 닮은 사람이었다. 그리고 좋아하는 음식도, 그래서 마지막에 시킨 메뉴도 같았다. 수현은 정호를 많이 좋아했다. 정호도 수현을 많이 좋아했다. 두 사람은 헤어짐을 말하고서도 바로 자리에서 일어나지 않고 사이렌 소리를 들으며 애꿎은 팥맛 스무디만 휘젓고 있었다.

다 녹겠다. 얼른 먹어.

너도 먹어.

지금도 좋아하고 있구나, 두 사람은 속으로 생각했다.

너도 잘 알 거라고 생각해.

어떤 걸.

네가 싫어서가 아니라는 거.

수현도 알고 있었다. 그런 느낌이 들었다.

좋아하는 마음은 똑같아.

정호가 말했다.

그런 말을 왜 할까.

너를 위해서.

수현과 정호는 서로의 눈을 지그시 바라보았다. 저 눈
빛이었다. 수현이 좋아하는 정호의 눈빛. 정호가 좋아하는
수현의 눈빛. 두 사람은 그 순간 각자의 마음에서 생겨나는
감정들을 참으며 그렇게 얼마간 서로를 바라보았다. 손님
둘이 들어와 바닐라맛 아이스크림이 올라간 크로플과 아이
스아메리카노를 주문했다. 카페 안엔 달콤하고 고소한 향
이 퍼졌고 그 메뉴와 냄새들로 수현은 그날을 기억했다. 결
국 수현과 정호는 크로플을 주문해서 나눠 먹었다. 아무렇
지 않은 듯한 메뉴 선택이 바로 눈앞의 이별 회피에 도움을
주었다.

카페에서 나와 집으로 혼자 걸으며 수현은 결국 남산서 울타워에 못 가보고 헤어졌구나 하고 생각했다. 늘 가고 싶었는데 못 가봤다. 언제든 갈 수 있는 곳인데 언제든 가면 된다고 생각해서 가지 않은 걸까. 가고 싶지만 사람도 많고 뭐…… 이렇게 별다른 이유도 없는데 왜 가지 않았을까. 정말 가고 싶었는데 왜 안 갔나. 수현은 모르겠다고, 생각했다. 정말 가고 싶었는데 이상하네. 이상하다고만 생각했다. 그곳에 다녀온 사람들 중 몇은 막상 별거 없다며 특히 돈가스는 먹지 말라고 말하곤 하지만 수현은 그것을 경험해보고 싶었다. 경험해본 다음에야 할 수 있는 말. 별거 아냐, 재미없어, 뻔해, 맛없어, 먹지 마, 그거 줄 서서 먹는 사람들 이해가 안 돼. 그런 말들, 직접 한 적은 없고 늘 상대로부터만 들을 수 있는 그런 말을 들으면 수현은 이해가 안 되고 싶었고 하지 마, 해, 그거 먹어봐, 별거 아냐, 그거 배워봐, 잘될 거야, 할 수 있어, 무언가가 좋다, 싫다, 그런 말들을 들으면 그걸 하고 싶었다. 해본 적이 있어야 할 수 있는 말들. 그걸 하고 싶었다. 우월하려고 한 말이 아닌데 우월해 보인다면 그런 시선 따위 너그러이 이해해줄 여유도 있지.

그런 시선을 너그러이 이해해줄 여유가 있으나 없으나 어차피 그럴 수 없다. 수현은 조용히(없는 사람처럼) 살아야 한다. 불행해지는 것은 괜찮다. 그러나 동정이나 도움을 받을 만큼 불행해져서는 안 된다. 너 같은 애는 그렇게(없는 사람처럼) 살아야 한다고, 그 정도를 지키며(없는 사람처럼) 살도록 노력하라고 사람들에게 배웠다. 수현이 그걸 잊었다고 여겨질 때마다 할머니가 열심히 상기해주었다. 이게 다 부모를 잘못 만난 네 탓이야. 할머니는 수현이 어릴 적에 그림을 잘 그려서 대회에 나갈 기회가 생겨도 내보내주지 않았다. 무언가를 잘하거나 상을 타면 행복한 표정을 짓게 되거나 사람들의 눈에 띌 수 있으므로 자제해야 했다. 수현은 어릴 적엔 잠자코 할머니의 지시에 따랐다.

하지만 할머니는 바보. 수현이 다른 기억도 가지고 있다는 건 몰랐다. 많은 사람들이 수현의 불행을 빌 때도 그럼에도 불구하고 죽지는 않겠다 다짐할 때 도움을 주는 따뜻한 기억 하나가 있다는 걸. 자신을 안심시키는 이야기가 있다는 걸. 수현에겐 그게 있었다. 상장 따위 없으면 어때. 내겐 그게 있어. 내겐 살 이유가 있다고. 할머니가 그 기억을 잊었다고 여겨질 때도 굳이 말하지 않고 혼자만 갖고 있는 기억. 말하고 나면 어떤 이유로든 훼손될까 봐 몰래 하는 기억. 그거 하나 못 참고 말해버리는 것은 위험한 짓이다. 수현은 할머니의 진심이 그 기억 속에 있다고 생각했다.

확실해? 누군가 물었고 음, 아니더라도 그것만큼은 내 마음대로 생각할 거야. 어차피 사람은 다 자기 마음대로 생각하니까. 남의 삶도. 자기 마음대로. 10대 후반의 수현은 그렇게 대답했다.

　스무 살이 되던 해에 남의 땅 위에 지어 살던 비닐하우스가 드디어 철거되면서 수현과 할머니는 살 만한 집을 보러 다녔다. 할머니는 건강했다. 선택권은 주지 않았지만 늘 수현을 데리고 다녔다. 하우스란 것은 이제 들어가 살려고 해도 찾아볼 수 없으므로 반지하나 옥탑에 가야 했는데 아무래도 할머니와 할아버지가 옥탑을 오르긴 어려워 반지하를 주로 찾아 다녔다. 드디어 집의 외형을 갖춘 곳에서 살게 된다는 사실도 기뻤지만 집과 학교밖에 몰랐던 수현으로서는 버스를 타고 이곳저곳 가본다는 자체가 좋았다. 할머니는 왜인지 동네를 뜰 생각이었고 버스로 한 시간 이상씩 되는 곳으로만 다녔다. 집을 계약한 날 저녁엔 소식을 통보받은 할아버지가 무슨 말도 안 되는 소릴 하고 있어! 버럭 화를 내자 그럼 따로 나가 살라고 할머니가 말했다. 할아버지는 알겠다고 했다가 다시 으이구 내 팔자야! 하면서 이동을 받아들였다. 친구가 많은 할아버지는 아마 동네를 떠나기가 몹시 싫었을 테지만 어차피 그 사람들도 모두

어딘가로 떠나야만 했고 그마저도 한 해가 멀다 하고 돌아가시니 달리 방법이 없을 터였다. 그 마을엔 원래 하우스도 사람도 개도 아주 많았다.

마을을 떠난 사람들이 절반 가까이 되어갈 무렵 세 식구는 그렇게 비닐하우스를 떠났다. 그리고 새로운 도시에 정착했다. 당시 수현은 구직활동 중이었고 할머니와 할아버지가 일을 했으나 버는 돈은 많지 않았다. 특히 할아버지는 걸핏하면 일을 그만두기 일쑤였다. 나이를 어디로 처먹은 건지 원. 할아버지가 출근을 하지 않으면 할머니는 그렇게 한마디씩만 던지고 말았다. 딱히 할아버지를 향해 하는 말도 아니었다. 그러다 수현이 취직을 하고 조금씩 돈을 모아 300만 원이던 보증금을 2000만 원까지 올려놨을 때부터는 할아버지가 아예 일을 나가지 않았다. 원래도 일하기를 싫어하는 사람인데 아픈 데가 점점 많아져서 사실상 일을 할 수가 없었다. 하루에 먹어야 하는 약의 양이 점점 늘어갔다. 수현은 노란 고무줄로 둘둘 말린 몇 달치 약봉지와 잠든 할아버지의 야윈 몸을 볼 때마다 할아버지가 곧 돌아가실지도 모른다는 생각을 했다. 저 야윈 몸에 저 많은 약들이 돌아다닌다고 생각하니 그거 운반하는 것도 보통 일이 아니겠다, 그런 생각도 했다. 할머니는 종일 일을 했다.

정정한 편이었으나 써주는 곳은 없어서 폐지를 주웠다. 원체 성실한 데다 궂은일도 마다하지 않아서 몇몇 야채가게나 과일가게에서 할머니에게 고정으로 박스들을 가져가게 해주었다. 그중 가게 하나와는 청소와 정리를 맡아야 한다는 거래가 있었고 그렇지 않은 가게도 있었으나 할머니는 모든 가게의 청소와 정리를 했다.

수현은 통근버스를 타고 한 시간 반 정도 가야 하는 박스 공장에서 사무 일을 보았다. 정호는 공장장이 소개해준 사람이었는데, 그와는 사실상 모르는 사이니 부담 갖지 말고 만나보라고 했다. 그전까지 수현은 누군가를 사귀어본 적이 없었다. 그럴 생각은 없이 살아왔다. 그렇게 나도 한번은 소개팅이란 것도 해보자, 해서 나간 자리에서 정호를 만났다. 그들은 처음부터 서로를 좋아했던 것 같다. 두 사람은 겉으로는 미지근해 보였지만 꾸준하게 만나왔다. 어느 날엔 꺼내지 않은 화제로 대화도 나누었다. 누군가와 이런 대화를 별 거부감 없이 나누는 것, 아니 부모가 (살아) 있다고 말한 적은 처음이었다.

부모님은 언제 돌아가셨어?

살아 있어.

살아 있다고?

응.

어디에?

그건 잘 모르겠어.

어떻게 그걸 모를 수가 있어.

있어.

그 집에선 언제까지 같이 살 거야?

그 집?

친할머니는 맞아?

친할머니?

자꾸 되묻기만 하네. 대답 안 해줄 거야?

지금은 모르겠어.

모르다니?

몰라…….

날 좋아하긴 해?

그런 건 왜 물어.

모르겠어서.

엄청 많이 좋아해.

그런데 왜…….

그들은 서로를 지그시 바라보았다. 홀로 집으로 돌아오
는 길에 우와, 이런 대화를 하게 되다니, 신기하다, 신기하

다는 감정이 들었다. 이 상황에 우와라니 좀 그렇지만 우와,
하였다. 이런 대화를 아무하고나 하지는 않잖아. 이런 생각
을 했다. 앞에서 입술을 벙긋거리며 자꾸만 말을 걸던 정호
와 대답을 하고 있는 나. 저 사람은 왜 나에게 이런 걸 물었
을까. 왜 나를 궁금해했을까. 더 가까워져도 되는 건가. 더
깊어져도 되는 건가. 신기하고 고맙고, 그러나 결국 미안했
다. 너에겐 미안하지만 나는 이 정도로만 살아야 해. 너무
행복하면 안 돼. 내가 행복하게 살면 상처받는 사람들이 생
긴대. 지금도 선을 넘은 것 같아 너무 불안하거든. 수현은
그렇게 결론 내렸으나 그 말을 하지는 못했다. 그 말을 하
지 않은 건 정말이지 정호를 위해서였다. 자기를 위했다면
말할 수 있었다. 난 그런 부모를 둔 어린아이였을 뿐이었다
고 난 아무 짓도 하지 않았다고 그건 내가 한 짓이 아니라
고 그렇게 말할 수 있었다. 수현은 할머니의 지침대로 최대
한 조용히 살아왔으므로 그 후의 자기 삶이 또다시 미안한
일이 되리라고는 생각지 못했다. 할머니 말이 맞았구나. 할
머니 말이 맞았어. 하지만 역시 억울하다, 라고 수현은 생각
했다. 바보 같은가? 혼자서 행복할 땐 어느 정도 통제가 되
었는데 누군가와 함께할 때는 쉽지 않구나.

그러던 중 할아버지와 할머니가 한번 보증금을 크게 날려먹은 일이 있었다. 할아버지의 약봉지가 급격히 느는 것이 바로 그즈음이었다. 마을에서 가장 가까웠던 할아버지의 친구가 할머니까지 속여 전 재산을 가져갔다. 현실을 부정하던 할아버지는 결국 앓아누웠고 아무 때고 버럭 하던 성질도 다 사라지고 없었다. 피해자가 많았다. 할머니는 나도 바보였구나, 분하다, 나까지 속았다 하며 앓아누운 할아버지를 수현에게 맡기고 다른 피해자들과 사기꾼을 찾으려 사방으로 애썼지만 몸과 마음만 축날 뿐, 아무 성과도 없었다. 이 나이에 또 불행해지다니. 이러다 나까지 눕겠구나. 그놈을 잡겠다고 멀리 남쪽 해안 도시까지 갔으나 공을 치고 돌아온 할머니가 힘차게 세수를 하며 말했다. 수현은 이유 없이 죄책감이 들었으나 그런 기분엔 익숙했다.

그러니까 늘 수현과 함께하는 그 죄책감을 가지고, 수현은 남들이 하는 것은 되도록 하지 않으면서 조용하게 살고 있다. 그러므로 있는 듯 없는 듯한 사람이라는 평을 받아야 했다. 수현은 그 선을 지키려고 노력했고 할머니는 성실했고 그 덕에 세 사람은 길거리에 나앉지 않아도 되었다. 그런데 어쩐 일인지 지금 사는 집으로 이사를 온 뒤엔 곧 죽을 것만 같던 할아버지의 기운이 좋아져 약봉지가 줄어

갔다. 그는 이 집터가 좋은가? 하면서 할머니를 도와 길을 나서기 시작했다. 어느 날 아침 스스로 일어나 할머니를 따라나선 것이었다. 봐라, 내 기도를 들어주셨다. 사기꾼 잡는 일을 포기한 할머니는 눈을 감고 두 손을 맞댄 채 지금은 안 된다고, 할아버지가 지금은 죽지 않게 도와달라고, 이렇게라도 살아만 있어달라고 매일 기도해왔다. 굳이 말하지 않더라도 할아버지가 할머니에게 고마워하고 있다는 걸 알 수 있었다. 고마운 사람. 수현에게도 할머니는 고마운 사람이었다. 할머니가 아니었다면 나는 어떻게 되었을까. 굶어 죽었을지도 모르지. 나한테 맨날 조용히 살라고 하지만 그래도 내가 돌아갈 곳은 여기뿐이야. 수현은 종종 할머니가 자신을 거둬준 날을 떠올리며 그런 생각을 하곤 한다.

그들이 지금 사는 곳은 방이 하나였지만 크기가 큰 편이었고 그래서 딱히 불편해하는 사람은 없었다. 비닐하우스보다는 작았으나 어차피 그곳을 떠난 이후에도 늘 방은 하나였다. 이 집은 이층 주택의 반지하였고 방문을 열고 나오면 주방 겸 거실이라 부를 만한 공간이 있었다. 거기가 수현의 방이 되었다. 수현에게 방이 생긴 것이다. 그동안 살던 집 주방은 방과 화장실을 연결하는 통로 역할에 가까워서 방이 될 수 없었다. 수현은 일을 마치고 돌아와 더 늦은 귀가를 하는 할머니와 할아버지에게 밥상을 차려냈고 세수를 마친 두 사람이 코를 고는 소리를 들으며 잠들었다. 종일 폐지를 줍고 돌아오는 할머니와 할아버지는 맛있다 맛없다 뭐가 먹고 싶네 마네 하는 말 같은 것 없이 주는 대로 먹고 잠을 잤다. 정호와 사귄 뒤로 가끔 외박을 했는데 그걸로 뭐라고 한 적도 없었다.

주택의 일층과 이층에는 주인집 삼 대가 산다. 주인집 할머니, 주인집 할아버지, 주인집 아주머니, 주인집 아저씨, 주인집 손주 둘…… 주인집이라는 말을 빼고 칭할 수도 없는 노릇이었지만 식구들이 여섯이나 되어서 가끔 할머니와 할아버지가 주인집 얘기를 할 때 수현은 주인집이라는 단어를 종일 들어야 했다. 내일 위층이 김장을 한대요? 수현이 주인집을 위층이란 단어로 바꿔본 적도 있었지만 할머니와 할아버지에게까지 통하진 않았다. 금요일 저녁이 되면 집에는 주인집 할머니와 할아버지만 남고 네 식구는 어딘가로 늘 떠났다가 일요일 밤이 되어서야 돌아오곤 했다. 할머니와 할아버지는 그들과 사이가 좋았다. 두 분을 닮아서인지 손녀분도 있는 듯 없는 듯 참 조용하고 침착하네요. 그들은 할머니와 할아버지에게 그런 말로 수현에 대해 말했다. 그 말을 한 것 외에는 이렇게도 저렇게도 좋게도 나쁘게도 간섭하지 않는 담백한 사람들이었다. 올봄엔 낮은 담벼락에 죽 늘어선 빈 화분들을 가리키며 뭐 심고 싶은 것이 있으면 심으라고 한 적이 있었다. 뭐 다른 게 축복이겠는가. 수현은 그것을 축복이라 여겼다.

그러던 어느 날에 비어 있던 옆방에 세입자가 들었다. 그들은 자정이 다 된 시각에 짐을 들였다. 수현은 할머니와 할아버지가 잠에 빠져든 뒤 밤 산책을 나왔다가 들어오는 길에 그들과 마주쳤다. 인사를 나누지는 않았다. 통로 구실을 하는 작은 마당에서 마주친 주인집 할머니가 이제 들어오느냐며 조금 시끄럽겠다고 양해를 구했다. 아 아니에요, 괜찮습니다. 수현은 고개를 조금 숙여 인사를 하고 그들을 빠르게 지나쳐 방으로 들어왔다. 어두운 색 모자를 쓴 남자와 어림잡아 여덟 살이나 아홉 살쯤 되어 보이는 아이를 보았다. 아이는 제 몸집보다도 큰 짐을 남자와 함께 나르고 있었는데 어두워서 얼굴은 잘 보이지 않았다. 얼른 자거라. 잠에서 깼는지 할머니가 방문을 열고 한마디를 했다. 그날 이후로는 옆방 사람들과 얼굴을 마주친 적 없이 지냈다. 마주친 적이 없다고 모두가 알고 있었다.

아니었다. 수현은 주말 저녁에 유리와 함께 버스를 타고 등산을 하러 갔다. 옆방에 사는 아이의 이름이 유리였다.

힐링이 뭐예요?

힐링?

저기.

유리가 힐링 숲 안내도를 가리키며 물었다. 이 숲의 이름이 힐링이 아니라는 건 유리도 알고 있었다. 힐링 힐링 여행 힐링하고 싶다 힐링하러 가자 힐링이 된다…… 수현은 힐링이라는 단어를 수백 번 혹은 수천 번 듣고 보았으나 힐링이 무어냐는 질문에는 곧바로 대답하지 못했다. 정확한 뜻을 알려줘야겠다 싶어서 검색을 해본 뒤에 대답했다.

치유래.

치유가 뭐예요?

치유?

수현은 또 곧바로 대답하지 못하고 다시 휴대폰으로 검색했다.

치료해서 병을 낫게 하는 거래.

병이요?

응. 병.

언니, 저 지도가 꼭 뱀 같아요.

진짜 그러네.

저 뱀 좋아해요.

뱀을?

네, 뱀을 좋아해요.

두 사람은 안내도를 지나쳐 걷기 시작했다. 등산복이나 등산화가 없었으므로 그냥 편한 옷과 평소에 신는 운동화를 신어도 큰 무리가 없는 산으로 목적지를 정한 것이 지난주. 중간쯤 가서는 도넛을 먹을 예정으로, 산에 오기 전에 두 사람은 같이 도넛 가게에도 들렀다. 도넛 가게에 와서 직접 먹고 싶은 것을 고른 것은 처음이에요. 유리가 말했다. 남으면 집에 가서 먹으면 되니까 여섯 개를 고르라고 하자 유리는 한사코 하나만 골랐다. 그럼 하나만 더. 수현의 말에 유리는 고개를 끄덕였다. 딱 하나만 더. 세 개 어때? 수현이 유리의 눈높이에 맞춰 몸을 숙이며 말하자 유리는 괜찮아요, 단호한 말투를 써가며 고개를 저었다. 고개를 저었지만 고개를 저을 때도 도넛들에게서 눈을 떼지 않았다. 눈앞에 도넛이 있는데, 눈앞에 있는 도넛들을 보고도 거기 뿌려진 것들이 무슨 맛인지는 잘 모르겠다며 유리는 한참 진열 케이스 안을 골똘히 바라보았다. 여기 있는 것들, 아마 다 맛있을 거야. 수현의 말에 안심이 된 듯 유리는 도넛을 골랐다.

그냥 예쁜 것을 골랐어요.

예쁜 게 좋아?

네.

유리는 올해 열 살이 되었고 학교는 다니지 않는다.

작년까진 다녔어요.

그랬구나.

언니가 와서 절 다시 학교에 보내준대요.

그래.

집을 나간 언니가 간간이 부쳐주는 돈으로 유리가 컵라면이나 빵을 사 먹는다는 이야기를 슈퍼 주인 부부에게 들었다. 그들이 이 정도의 사정을 어떻게 알게 되었는지는 모르겠지만 그 옆방에 사는 아이 말예요, 하며 수현에게 유리의 사정을 묻다가 도리어 수현이 유리에 대해 모르던 이야기들을 듣게 되었다. 바로 옆에 살면서도 모르던 이야기였다. 유리의 아버지가 누군가에게 끌려가는 모습을 슈퍼의 단골손님이 목격한 모양이었다. 못된 짓을 하고 잡혀간 건지 못된 사람들한테 잡혀간 건지는 모른다고 했다. 그날 이후 슈퍼 주인 부부는 종종 유리에게 도시락 같은 것을 만들어주기도 해보았으나 그마저도 받지 않고 그대로 가는 경우가 많았다고 했다.

보기가 좀 그래서 주민센터에 문의도 해보았는데 한참

애길 듣고서는 당장 할 수 있는 일은 없다지 뭐예요. 그러면서 지금은 그저 아직 성인이 된 것도 아니라는 유리의 언니를 기다리는 수밖에는 없다는 거예요. 연락이 닿는 다른 어른도 없다나 봐요. 주인집 할머니가 월세도 안 받고 밥도 좀 챙겨주고 있으니까 너무 걱정은 말아요. 챙겨줘도 잘 먹지 않는다고 하긴 하던데. 걔네 언니는 내 생각에 안 올 것 같아. 집 나간 사람들이 어디 쉽게 돌아오는 거 봤어? 돌아와도 또 나가겠지. 아무튼 누군가 아이를 찾으러 오겠지요. 저 어린애를 그냥 두겠나요.

　흘러 다니는 얘기들을 들은 뒤로도 수현이 유리에게 말을 걸기까지는 용기가 필요했다. 하지만 냉장고와 밥솥, 전자레인지가 세워진 벽 너머에서 그 애는 무얼 하고 있을까. 수현은 그것이 궁금했다. 우리가 벽 하나를 사이에 두고 있는 게 아니라 뉴스 기사에서 이런 소식을 들었다면 내가 이렇게까지 신경을 썼을까. 마음만 조금 쓰이는 게 아니라 지금처럼 실제로 행동하고 싶어 했을까 스스로 묻고 답했다. 그러다 수현은 문득 유리가 조만간 이 집을 떠나게 될 일이 생길 수도 있다는 생각이 들었는데 그런 뒤로도 벽에 등을 기댄 채로 여러 밤을 망설였다. 그러는 동안에도 물론 6시면 일어나 회사에 출근을 하고 퇴근 후엔 쌀을 씻고 밥을 지어 할머니와 할아버지의 밥상을 차려냈으며 어느 밤엔 정호와 안부 연락을 주고받기도 했다.

밥 먹었어? 밥 줄까? 그게 수현의 첫마디였다. 아니요, 밥 있어요. 밥이 있어? 밥 있어요. 빈 화분들을 들여다보던 유리는 그렇게 대답하고 집으로 들어갔고 수현만 그 자리에 조금 더 서 있었다. 실수를 한 것 같은 기분이 들었다. 화분 안에는 아주 작은 풀들이 자라고 있었다. 유리는 평일에는 집 안에서 잘 나오지 않았고 일층과 이층에 사람이 쑥 빠지고 없는 주말이 오면 종종 작은 몸을 꺼내 집 밖으로 나왔다.

며칠 후에 할머니는 수현에게 빈 화분에 대파와 방울토마토를 심으라고 했다. 화분을 다 쓰지는 말고 딱 두 개만 쓰라고 했다. 토요일 아침에 수현은 골목길에 있는 오래된 꽃집에서 모종을 샀다. 대파는 시장에서 사다 심었는데 검색을 해보니 10센티미터쯤을 심은 다음에 윗부분을 잘라 먹으면 된다고 했다. 방울토마토 모종을 심고 있을 때 집에서 나온 유리가 처음으로 수현에게 가까이 다가왔다.

언니 그거 뭐예요?

이거 방울토마토야.

이게요?

응. 이제 자랄 거야.

정말 여기서 토마토가 열려요?

응. 근데 실은 나도 처음이야.

전 1학년 때 학교에서 해봤는데 토마토가 열리기 전에 죽어버렸어요.

그랬구나. 그럼 이거 네가 키워볼래?

유리는 대답이 없었고

물만 잘 주면 될걸?

수현이 말하자

아 아니요. 괜찮아요.

유리는 천천히 고개를 저으며 말했고 등을 돌려 집으로 들어가버렸다. 수현은 또 뭔가 실수를 한 것만 같았지만 이 내 아닐지도 모른다고 생각했다. 실수를 했다는 생각을 내 마음대로 해버린 거구나. 그렇게만 생각했다.

안내도를 지나친 수현과 유리는 어렵지 않게 산을 오르기 시작했다. 천천히 걸어도 두 시간 정도밖에 걸리지 않는 코스라고 알고 출발했다. 사는 것도 이렇게 그냥 두 시간짜리 높지 않은 산이었으면 좋겠다. 힐링 같은 건 바라지도 않아. 수현은 옆에서 걷고 있는 유리를 보면서 생각했다.

위해

어제 언니한테 전화가 왔어요.

어제?

네. 진짜로 다음 주에 올 수 있대요.

다음 주에?

네. 이번엔 진짜래요.

유리가 수현을 조금 앞서 걸었다. 정상에서 해가 지는 것을 보려면 늦어도 이 시간엔 입구에서 출발하는 것이 좋았다. 꽤 많은 사람들이 두 사람 곁을 지나쳐 올랐다. 수현과 유리처럼 편한 복장인 사람들도 있었고 등산복과 등산화를 제대로 갖춘 사람들도 있었고 정장과 구두 차림 사람들도 있었다. 정상 근처에 큰 돌들로 이루어진 구간이 있다던데, 구두로 가능할까 싶었으나 그 전까지만 갔다가 내려올지도 모를 일이었다.

여기가 세계에서 제일 오래되고 큰 성곽이래.

세계에서요?

응. 전 세계에서.

우와.

신기하다. 그치?

유리는 고개를 끄덕였고 중간쯤에서 수현과 유리는 도넛을 먹었다. 도넛은 가방 안에서 조금 눌려 있었다.

너무 맛있어요.

유리가 웃었다.

자, 오이도 먹어.

수현은 가방에서 얇게 썬 오이가 담긴 통을 꺼냈다.

오이요?

응. 원래 산에 오면 오이를 먹는 거거든.

앗. 오이는 안 먹어도 돼요?

목 마르지 않아?

네.

그럼 안 먹어도 돼.

물티슈를 챙겨 오지 않았음을 깨달았을 때 두두둑 하며 빗방울이 떨어졌다. 수현은 유리의 옷에 달린 후드를 씌워주었다. 유리는 가만히 있었고 내리는 빗방울에 대고 도넛을 집었던 손가락을 비비며 언니도 이렇게 씻었어요, 라고 말했다. 수현은 유리를 따라 손을 씻었다. 비는 금세 그쳤고 날이 약간 어둑어둑해졌다. 표지판을 보고 이제 조금만 더 가면 된다는 것을 알았다. 사람들은 중간중간 멈춰 서서 사진이나 동영상을 찍었다.

사진 찍어줄까?

아 아니요.

수현과 유리는 다시 걸었다. 해가 졌고 수현은 생활용품 잡화점에서 3000원을 주고 구입한 헤드랜턴을 장착했다. 가파르고 어두운 길이 나왔다. 두 사람은 줄을 꽉 잡고 천천히 그 구간을 지났다. 유리는 수현과 잘 걸었다. 이 산안의 누구도 둘을 몰랐고 이 산길에서 둘은 아무 문제가 없었다. 어떤 고지에 오르자 잠시 내리막이었다. 돌아보니 불빛들이 가득했다. 따뜻해 보였다.

여기서 사진 한 장만 찍어주세요.

응?

사진이요.

그래.

수현은 노란 불빛을 배경으로 유리의 사진을 찍었다.

언니도 찍어줄까요?

오, 아니.

서울의 야경이 펼쳐졌다. 수현은 그 풍경을 찍었다. 다른 사람들도 서로의 어깨에 팔을 두르거나 두 팔과 입을 크게 벌리고 사진을 찍었다. 저녁이 된 데다 잠깐 내린 비까지 더해 좀 쌀쌀하지 않나 걱정했는데 유리는 괜찮다고 했다.

저게 남산타워야.

유리는 수현이 가리키는 곳을 보았다.

저건 롯데월드타워. 알아?

아니요.

다음엔 어디 가볼래?

음 남산타워요.

완전히 해가 지자 동영상 플랫폼에서 보던 것보다 더 깜깜해졌다. 실제로는 이렇게나 더 깜깜하구나. 수현은 헤드랜턴이 있어 다행이라고 생각했다.

우리 이제 내려가요.

그래. 저녁 뭐 먹을까? 고기 아니면 회 아니면 피자 아니면 떡볶이? 치킨? 아니면…… 햄버거? 원래 산에 갔다 오면 전이랑 막걸리를 먹긴 하는데.

전에 아빠랑 언니랑 산에 갔다가 파전 먹은 적 있어요.

그래?

음 오늘은 회 먹어도 돼요?

그럼. 실은 나 회 먹고 싶었어.

횟집에는 한 번도 안 가봤거든요.

수현과 유리는 산 아래 위치한 동네에서 회를 먹었다. 음식이 하나씩 나올 때마다 유리는 우와, 신기하다, 우와, 하였지만 입맛에는 맞지 않았는지 회를 많이 먹지는 않았고 콘치즈와 매운탕을 잘 먹었다.

이게 한국에서 처음 만들어진 음식이래.

콘치즈가요?

응.

당연히 미국 음식인 줄 알았어요.

나도 그랬어.

그런 얘기를 나누었고 횟집에서 나와서는, 다시 조용한 동네로 가는 버스를 기다렸다. 아무 문제 없이 기다렸고, 탔고, 나란히 앉았다. 내릴 정류장이 가까워질 무렵부터 그쳤던 비가 다시 내리기 시작했다. 버스에서 내리자 비와 함께 엄청난 돌풍이 불어왔다. 두 사람은 몸을 돌려 잠시 바람을 막아냈다.

저 먼저 갈게요.

그래.

버스에서 내려서부터는 따로 걸었다. 유리가 그러길 원했다.

이
세
상
사
람

언제나 제게 중요한 건 그날들을 다시 떠올릴 때의 기분이나 감정이었습니다. 만약에, 라거나 그래도, 라는 생각을 하면 더 고통스러웠기에 이미 일어난 일 자체에 대해서는 생각하지 않으려고 노력했습니다. 그 일은 그때 그대로지만 그 후의 저는 조금씩 달라지곤 한다는 사실에 대해서는 불행이라 생각한 적도, 다행이라 생각한 적도 있었습니다.

시인은 하늘에서 내려준다는 말을 들은 적이 있습니다. 고교 시절 문학 선생님이 해준 말이었는데, 선생님은 39명이 앉아 있던, 창문의 위치가 사람의 얼굴 쪽이 아니라 발 쪽에 있던 오래된 교실에서 그렇게 말했습니다. 시인은 그냥 되지 않아. 시인은 하늘에서 내려준다. 이 안에도 지금, 하늘에서 내려준 사람이 둘이나 있어. 시험에 나오지 않을 이야기였고 봄방학을 앞두고 있어 아무도 선생님의 이야기를 귀 기울여 듣지 않았습니다. 시인은 잘 모르겠고 그해 겨울에는 하늘에서 유난히 많은 눈이 내렸습니다. 동네를 오가던 마을버스 운행이 중단되어 등교도 하지 못할 만큼 모든 것을 뒤덮어버린 폭설.

사람이 다 다르다는 것이 가끔은 무섭게, 그래서 외롭다고 느껴질 때가 있었습니다. 사람들은 자기가 아는 만큼만 타인을 이해할 수 있나요? 저 역시 거기서 자유로울 수 없었기에 누군가의 이야기를 들을 때마다 할 수 있는 한 최선을 다해서 상대방의 입장이 되려고 노력했고 상대의 감정을 잘 모르겠다고 느껴질 땐 조심스레 질문을 더 해보거나 그것을 거부하는 듯한 느낌을 받으면 듣기에만 집중했습니다. 그리고 자주 실패했습니다.

언젠가 저는 모든 사람이 그냥 다 똑같았으면 좋겠다고 생각한 적이 있습니다. 하지만 사람은 모두 달랐고 저는 제가 느낀 감정을 알아줄 사람을 오래 기다려왔습니다. 아니, 알아주지 않더라도 그저 누군가에게 그 감정을 표현할 기회가 있기를 기다렸습니다. 선생님은 저 같은 사람들에게 이런 내용의 우편물을 보낼 때마다 어떤 마음이 드시는지요? 또 그 답신을 받으면요? 매일 이런 얘길 듣는 것이 일인 사람의 기분은 어떨까 죄송스럽지만 이건 선생님의 잘

못도 저의 잘못도 아니라고 믿습니다. 예전의 저였다면 지난 20년간의 일들을 이 한 줄로 써 보냈을지도 모르겠습니다. 저는 이미 그 사람을 이 세상 사람이 아니라고 생각하고 살아왔습니다.

그동안 여덟 번의 이사를 했습니다. 이사를 가도 불안하고 또 이사를 가도 불안한. 제게 집이라는 건 늘 불안한 곳이었습니다. 며칠 전 선생님께서 보낸 우편물을 받았을 때도 도저히 그 사람에게서 벗어날 수 없을 거란 사실에 절망했습니다. 우편물을 뜯어보기 전에는 그렇게 느꼈지요. 난 아무것도 잘못한 것이 없는 것 같은데 또다시 마주한 그 이름 때문에. 그 이름과 내가 여전히 연결되어 있다는 것 때문에요.

안 자니?

엄마가 제 방문을 열고 묻습니다. 괜히 놀란 저는 순간적으로 멈칫해서 별다른 대답을 하지 못했고 제가 책상 앞에 앉아 무엇을 하고 있는지는 모른 채 저의 등만 보았을 엄마는 얼른 자, 하고는 조용히 문을 닫고 나갑니다. 낡은 창문이 바람에 흔들리고 그 틈으로 새어 들어온 차가운 바람에 흩어진 정신이 또렷하게 하나로 모아집니다. 지금, 밤이 시작되려는 것 같습니다.

만약 며칠 전 이 우편물을 먼저 발견한 것이 제가 아니라 엄마였다면 어땠을까 생각해보았습니다. 다행히 그날 저는 평소보다 두 시간 일찍 퇴근해 선생님께서 보내신 이 우편물을 엄마보다 먼저 손에 쥘 수 있었지요. 누구에게도 유쾌한 일은 아닐 겁니다. 그러니까, 엄마라면 어땠을까요. 모르겠습니다. 40년 가까이 한 집에 살았으니 엄마가 어떤 일을 받아들이고 처리하는 방식을 영 모른다고는 할 수 없지만 엄마와 저는 입장이 다르며, 아무튼 사람 마음은 쉽게 안다고 할 수 있는 성질의 것이 아니라고 생각합니다. 언젠가는 말해야 하는 순간이 올 거란 건 압니다. 말해야 하는 순간이란 건 말하고 싶은 순간이겠지요. 어쨌든 지금의 저는 엄마에게 말하고 싶지 않으므로 우연한 이른 퇴근이 제겐 꽤 다행스러운 일이 된 셈이네요.

대부분의 캠핑장이 그렇듯 제가 일하는 캠핑장도 대중교통으로 다니기 어려운 곳에 위치해 있어 사장님이 출퇴근길에 픽업을 해주고 있습니다. 종종 캠핑장과 가장 가까운 정류장에 내려 한 시간 정도 걷곤 합니다만 대부분은 집 앞에서 태워가고 집 앞에서 내려주십니다. 아무튼 이 우편물을 받은 날 사장님은 저녁 약속이 있다며 저까지 일찍 퇴근을 시켜주었습니다. 그리고 저는 집 앞까지 굴러들어 온 마른 낙엽들이 뒹구는 회색 시멘트 바닥에서 이 우편물을 발견했습니다.

그날 낮에는 매년 겨울마다 3개월씩 장박을 하는 한 가족의 예약 전화를 받았습니다. 그들은 개수대 등의 시설이 가까워 활동이 편하고 다른 구역과도 약간 떨어져 있어 밤에도 가만가만 대화를 나눌 수 있는, 그들이 가장 좋아하는 C4의 예약이 가능한지 물어왔고 저는 가능하다고 대답했습니다. 평소에는 가을이 오기 전부터 예약이 치열한 곳이었습니다. 그들이 매우 기뻐하기에 저도 괜히 같이 기뻐하며 전화를 끊었지요. 또 몇 년간 때마다 보다 보니 정이 든 사이였습니다. 실제로 저는 언젠가부터 그 부부를 언니와 오빠로 불렀고, 밖에서 굳이 따로 보지 않더라도 마음만은 아주 가깝게 지내는 사이가 되었습니다. 부부의 아이 셋은 올여름부터 유튜브를 한다며 캠핑하는 모습들을 종일 찍곤 했습니다. 저는 기를 쓰고 아이들의 카메라를 피해 다녔지만 종종 영상 속에서 커피를 제조하거나 장작을 판매하는 모습 등으로 등장하게 되었고 그 뒤로는 가끔 아이들이 뛰어놀 때 배경이 예쁘도록 멀리서 비눗방울을 불어주기도 했습니다.

처음 우편물을 받았을 때는 사실 욕부터 나왔습니다.

왜 이런 식으로밖에 될 수 없었을까 지긋지긋하더군요. 이미 저는 4, 5년 전쯤 한 5, 6개월 간격으로 두 번의 소명서를 써 보낸 적이 있었습니다. 저는 그런 소명서를 써보내야 하는 사람. 어떠한 행정 절차 속에서 여러 번 버림받은 기분을 느꼈습니다. 이번 우편물을 받고서는, 그러니까 저에게는 며칠의 시간이 필요했습니다. 이번엔 그냥 몇 마디로 답을 하고 싶지는 않다는 생각이 들기도 했고요. 그러는 중에도 너무 많이 시간을 끌면 혹시 집으로 찾아오진 않을까 두려움이 생기더군. 이 세상 사람이 아니라고 생각하고 살아왔으나 지금껏 두려웠고 이제는 정말 이 세상 사람이 아니라는 통지를 받았음에도 여전히 무언가가 두려운 이 마음을 아실런지요. 대체 무엇이 그토록 두려운 것인가를 생각하느라 며칠이 걸렸습니다. 그리고 결국 오늘 밤을 넘기면 안 될 것 같다고 생각했습니다.

캠핑장에 처음 간 것은 몇 년 전, 오랜 친구 H 가족과 함께였습니다. H의 남편과 그들의 어린아이와 같이였지요. 그들의 어린아이와 저는 캠핑이 처음이라 무척이나 들떠 있었습니다. 저는 그날이 제 인생의 첫 캠핑이라는 것은 밝혔지만 기쁜 마음을 많이 티내고 싶지는 않아 짐짓 따분한 척도 해가면서 그들과 상추를 씻고 고기나 소시지를 구워

맥주를 마셨습니다. 저녁 식사 자리에서 H는 아이에게 마시멜로를 구워주었고 저는 그걸 먹는 아이를 물끄러미 바라보다 자러 들어간 아이가 남긴 마시멜로 한 조각을 먹었습니다. 저로서는 영화에서나 볼 장면 속에 있었던 거지요. 미국 여행은 아니더라도 캠핑이라면 얼마든지 할 수 있는 일이었습니다만 왜인지 엄마와 저의 대화 속에 캠핑이라는 단어가 등장한 적은 없습니다. 거기까지 생각을 하고 살지 않았기에, 성인이 되고 나서도 그냥 남들이나 하는 것으로 생각하게 되더군요. 모여드는 벌레를 피해 H의 남편마저 텐트 안으로 들어가고 저와 H는 불멍을 하며 밤을 보냈습니다. 우리는 너무 좋다는 말을 제외하고는 아무 말도 하지 않았고 저는 다음 날 아침 라면을 끓여 먹고 집에 도착하여 이상하게도 조금 울게 되었습니다. 운 것이 아니라 울게 된 것에 가까웠지요. 이런 경험을 하게 되어 좋기만 했고 정말 조금도 슬플 일이 없었는데 울게 되었습니다. 제 눈에서 눈물이 나왔지만 지금의 제가 운 것이 아니라고, 제 안의 어린아이가 운 것이라고 저는 생각했습니다.

　아무튼 그날의 첫 캠핑 이후 저는 그 가족의 캠핑에 종종 합류했습니다. 집이 가깝기도 했고 친구의 가족은 평소에 너무나 가족 중심으로 지내기 때문에 바람을 쐬며 저와 이런저런 이야기를 하다 보면 더 즐겁고, 말하자면 기분 전환이 된다는 것이었습니다. H는 제게 새로 시작하게 될 일이며 둘째 준비 계획, 우리가 함께하던 학창 시절 이야기 중 자랑이 될 만한 에피소드 위주로 이야기를 하곤 했습니다. 저는 H가 새로 시작할 일이나 둘째 계획, 그러니까 제가 겪어보지 않은 일에 대한 이야기는 공감하며 들었으나 이상하게 같이 겪은 학창 시절이 잘 기억나지 않았고 그래서 늘 처음 듣는 이야기인 양 과거의 이야기들을 들었습니다. 그 뒤로도 종종 제가 그 다정한 가족의 오붓한 시간에 방해가 되는 요소가 아닌가 하는 생각이 들곤 했지만 그들은 제가 있음으로써 오히려 더 편하다고 여러 번 이야기해주었습니다. 저는 그 말을 믿었고 그러던 언제부터는 D도 같이 시간을 보내곤 했구요. D는 저의 친구와도 이야길 나눴고 남편과도 이야길 나눴고 아이와도 놀았습니다. 고맙게도 아이는 어른 넷 모두를 잘 따랐습니다.

　　그렇게 몇 개의 계절이 지나고 또 같이 캠핑을 갔을 때였습니다. 그날은 당일치기로 간 거라 간단하게 타프만 쳐놓고 차를 마시고 있었습니다. 그러다 아이에게 줄 과자를 사러 매점에 갔더니 바나나가 있더군요. 갑자기 바나나가 먹고 싶었습니다. 바나나를 살까 말까 고민을 하며 과자 값을 계산했고 저도 모르게 다시 바나나 앞에 서 있는데 사장님이 웃는 얼굴로 말했습니다.

그거 가져가서 먹어요.

네?

그냥 준다구요.

바나나를 그냥 준다는 말을 믿어야 하나 말아야 하나, 고도의 상술인가 머뭇거리고 있을 때 사장님은 바나나를 과자와 함께 봉투에 담아버렸고 그제야 저는 마음을 놓았습니다.

근데 이걸 왜 그냥 주시는 거예요?

우린 그냥 줘요.

다른 이유는 없었습니다. 그냥이라는, 군더더기 없이 깔끔한 이유였습니다. 그냥이라는 말은 제가 자주 쓰는 말로, 어딘가 좀 답답한 구석이 있는 말이라고 생각해왔었는데 아니기도 하다는 것을 처음 알게 되었습니다. 아이와 저는 바나나를 맛있게 먹었습니다. 진짜 그냥 줬다고? 너한테 이걸 왜 줬지? H가 궁금해했고 저는 그냥 주는 거라는데? 라고 말했습니다. 공짜라서 그런지 더 맛있는 것 같다고 H의 남편이 웃으며 말했습니다. 바나나일 뿐이지만 그냥 맞은 적은 있었어도 그냥 무언가를 받는, 그런 식의 호의를 받는 경험이 적었던 저의 기분은 무척 좋았고 그 기분은 꽤 오래 지속되었습니다.

H는 10년 전에 결혼했습니다. H는 유명 사립초등학교의 교사로 학교에서 높은 직책을 갖고 있다고 들었습니다. 스무 살 이후 H와 저의 삶은 많이 달라졌지요. H와 소꿉친구가 아니었다면, H가 이곳에 캠핑을 와서 제게 장작이나 커피를 주문하지 않는다면 아마도 평생 말을 섞어볼 리 없는, 그런 사이였을지도 모르겠습니다. H의 남편 역시 대기업에 다니고 있는데 H와는 선을 봐서 만나 3개월 만에 결혼했습니다. H 남편의 부모님께서는 경기 남부에서 큰 사업을 한다고 들었습니다.

지금은 어느 정도 얘길 했다고 들었지만, 결혼 당시 H는 남편에게 자신의 가정환경을 숨겼습니다. H와 저는 비슷한 어린 시절을 보냈으나 그 부분은 H에 의해 완전히 각색되어 저는 H의 남편을 만날 때마다 H가 일러준 정보와 스토리를 외워야만 했습니다. 사실대로 말했다면 남편은 H와 결혼을 하지 않았을까요? 저는 종종 그것이 궁금했습니다. 너도 조심해. 솔직한 게 다가 아니라구. 겉으로는 안 그런 척해도 사실 사람들은 우리 같은 가정환경을 가진 사람을 싫어해. H에 따르면 경우에 따라서는 그런 우리의 이야기들이 듣기에 좀 어려울 수 있고 어쨌든 지금은 다 끝난 일이라는 것이었습니다. 그렇구나. 우리의 지난 삶은 다 끝난 일이구나. 저는 H의 말에 대해서, 말하자면 H의 입장에서 오래 생각했고 마침내 어느 정도는 인정할 수 있었습니다만 그것이 다 끝난 일이라는 데는 끝내 동의하지 못했습니다. 아무렇지 않을 땐 아무렇지 않지만 아무렇지 않지 않을 땐 나의 모든 것이 되곤 하는 기억.

뭐 해? 나 자려고 누웠어.

D에게 문자메시지가 왔습니다.

책 읽고 있어. 잘 자!

아무렇지 않게 답장을 보냈습니다. 오후 5시에 제게 퇴근한다는 전화를 해왔고 한 시간쯤 뒤에는 집 앞 골목에서 사고가 났다는 전화를 해왔고 또 그로부터 한 시간쯤 뒤에는 저녁으로 샐러드를 먹었다는 메시지를 보내왔습니다. 그러곤 자기만의 시간을 가졌겠지요. 자정이 다 되어가는 동안 무엇을 했을까? 저는 종종 그것이 궁금했습니다. 뭘 했냐고 물으면 그저 뭘 좀 봤다거나 뭘 좀 알아봤다고 말하곤 했는데 저는 그가 혼자서 어떻게 시간을 보내는지가 정말로 궁금했습니다. 그는 어떤 사람인가. 나와 있을 때 같이 밥을 먹고 이런저런 이야길 나누고 같이 걷고 하지만, 정말로 혼자 있을 때는 무엇을 하며 시간을 보낼까 알고 싶었어요. 그것을 알면 그의 진짜 얼굴을 비로소 알 수 있을 것 같았습니다. 진짜 얼굴을 알고 싶다니. 그럼 이건 가짜 얼굴이야? 언젠가 D는 자기 볼을 잡아당기며 재밌는 표정을 지었습니다. 제 볼을 잡아당기기에 저도 최선을 다해 엉뚱한 표정을 지어주었습니다.

난 이런 어린 시절을 보냈어.

각색에는 영 재주가 없던 저는 D에게 저에 대해 말했고, 종종 혼자 시간을 보낼 때 D와 함께 있고 싶다는 생각을 하곤 합니다. 몇 번인가 계속 그런 생각이 들어 그것을 말했을 때 그는 반색하며 '그렇다면 결혼을 하자'고 말했습니다. 그런데 집에 돌아와 곰곰이 생각을 해보니 안 되겠더군요. 그에게 짐이 될 것만 같았습니다. 이런 내가 괜찮은지 물었더니 사랑한다는 대답이 돌아왔습니다.

너한테 집이 될 것 같아.

응. 우리 서로의 집이 되어주자.

짐이 될 것 같다고 말하려던 것이 ㅁ을 ㅂ으로 잘못 쳐 그에게 서로의 집이 되어주자는 대답을 듣게 되었습니다. 오타였다고 말하지 못했습니다. 서로의 집이 되어주자는 말이 믿을 수 없을 정도로 좋았기 때문입니다. 믿을 수 없을 정도로 좋았고 믿고 싶었으나 실제로 며칠이 지나자 역시 믿을 수 없게 되었습니다. 필연적으로 그렇게 되었습니다. 제게 주어진 삶이, 이런 습관을 가진 저를 만든 탓이겠지요. 전두엽인지 전전두엽인지가 손상되어 있을 것만 같은 나. 아무리 발버둥을 쳐도 결국 이런 식으로만 작동하는 회로. 저는 습관이 삶을 만든다고 생각하지 않습니다. 저의 습관을 만든 것은 거의 내던져졌다고 해야 타당할, 제게 주어진 삶이라고 생각해요. 필연적으로 저는 마음을 부풀게 했던 D의 말을, 믿고 싶은데 믿어지지 않는 그 말을 못들은 척 넘겨버렸습니다. 그동안 많은 말들을, 그렇게 삼키고 넘기며 살았습니다. 주어진 삶을 그저 살아내기만이라도 하려면 그래야만 했으니까요. 그러니까 저는 가끔 찾아오는 이런 행복에 가까운 순간에도 불편한 감정이 같이 느껴져 곤란한 마음이 들곤 합니다. 일상생활에서 수시로 찾아오는 그런 류의 감정들을 처리하기 위해서는 제가 가진 온 에너지를 써야 했습니다. 어릴 적엔, 내가 사람을 죽이면 엄마는 어떻게 될까 진지하게 그런 생각도 했었습니다. 어릴 적에 저는 그 사람에게 사랑받고 싶어한 적이 있긴 했을까요? 그 사람 앞에 서면 입도 뻥긋 못할 정도로 두려우면서도 죽여버리고 싶은 마음. 그런 양가적인 감정들과 싸우다 보면 다른 감정들까지 느끼고 받아들이며 살기는 버거웠습니다. 그래서 늘 반쪽 인간인 것처럼 살아온 기분. 저라는 인간은 원래 제가 느끼고 가질 수 있었을 마음들의 반으로만 살아가는 것으로…… 성인이 되고부터는 왜인지 자주 주변 사람들에게 짐이 되는 느낌이었습니다. 사람들과 함께 삶을 살아가는 마음이란 게 반쪽밖에 없으니까요. 이런 저라도 이젠 좀 괜찮을까요. 앞으로는, 앞으로는 정말 좀 다를까요.

지난봄, 캠핑장에 고양이 한 마리가 나타났습니다. 봄이 되면 거의 휴양림이라고 해도 될 정도로 주위 숲이 우거지곤 합니다. 저희도 덩달아 바빠지지만 이루 말할 수 없을 정도의 상쾌함 덕에 기분만은 무척 좋습니다. 물론 여기도 코로나 여파가 있긴 했으나 아무래도 야외여서 도시의 어려움보다는 나았습니다. 그 고양이는 어느 한낮에 나타나 잠시 머물곤 사라졌습니다. 몸통 대부분은 흰색이었고 머리와 등, 뒷다리 부분에만 군데군데 황토와 검은색 털이 있는 고양이었지요. 고양이가 나타나자 아이들이 가장 먼저 좋아했고 어른들은 굽던 새우 같은 것을 던져주었습니다. 일주일 전 캠핑카를 타고 온 김 할아버지 부부는 그저 물끄러미 그 장면을 바라보더군요.

새끼를 밴 것 같은데.

아내 분은 말이 없었고,

여기까지 어떻게 왔을까.

할아버지가 아내 분에게 그런 말을 하는 것을, 카라반 쪽 개수대를 청소하다 말고 지켜보았습니다. 그리고 분리수거까지 마친 뒤엔 고양이는 사라지고 없었습니다. 그후로 고양이에 대해선 까맣게 잊어버렸지요. 그렇게 왔다 가는 고양이나 개들을 만나는 건 늘상 있는 일이거든요. 저는 작년 가을 시즌부터 일을 돕기 시작한 진아 씨에게 하던 일을 인계하고 퇴근을 했습니다.

집 앞에선 옆집 할아버지를 만났습니다. 할아버지는 집에서 나오고 있었어요. 말하자면 열린 문에서 아주 조금씩 밖으로 밀리는 할아버지의 휠체어를 먼저 보게 된 것이지요. 몇 걸음이었지만 저는 얼른 뛰어 휠체어를 잡아 천천히 방향을 틀었습니다.

고마워요.

댁에 가세요?

예, 이제 괜찮아요.

네. 아래까지만요.

아직 해가 완전히 떨어지지 않아 분홍빛 하늘이 내려

오고 있었습니다. 그즈음엔 그런 하늘을 자주 볼 수 있었고 아름답다고, 생각했습니다.

저기 좀 봐요.

할아버지가 손을 들어 하늘 끝을 가리켰습니다. 띄엄 띄엄 집 몇 채와 낮은 산등성이 뒤로 내려앉은 하늘을 보며 와, 너무 예쁘네요, 이미 보고 있었지만 처음 본 것처럼 그렇게 대답했지요. 머지않아 할아버지 딸 부부의 차가 올라오는 것을 보았고 간단한 인사를 나누고는 집으로 돌아왔습니다. 그리고 엄마와 소박한 저녁상을 차려 먹은 뒤엔 텔레비전을 틀어놓은 채로 휴대폰을 들여다보다가 나도 모르는 새 잠에 빠져드는, 여느 날과 다를 바 없는 평범한 날이었습니다.

평범한 날…… 20대에 짧게 서울에 산 적이 있습니다. 4호선 끝 쪽이었는데, 이상하게 그 동네에선 사이렌 소리가 자주 들렸습니다. 저는 하루에도 몇 번씩 사이렌 소리를 들으며 밥을 먹고 똥을 싸고 잠을 잤습니다. 그런 일이 계속되자 점점 노이로제 상태가 되더군요.

언니, 여기 사이렌 소리가 너무 많이 들리지 않아요?

사이렌이라니?

같이 사는 친한 언니는 전혀 모르겠다는 듯한 표정을

지었습니다. 어디선가 무슨 일이 일어나고 있다는 생각에 저는 점점 식사량이 줄어갔고 말이 없어졌으며 매일 밤잠을 설쳤습니다. 어디서 작은 소리라도 나면 몇 시고 상관없이 벌떡 일어나 사방을 주시했지요. 그곳에 사는 동안 제게는 아무 일도 일어나지 않았으나 저는 세상에 다시없을 잔인한 일이라도 겪거나 목격한 사람처럼 살았습니다. 그렇게 시작된 증상들이 점차 심해지자 마침내 언니에게 짐이 된다는 생각이 들었습니다. 네, 이미 오래 언니를 괴롭혀온 뒤였을 겁니다. 저는 미안하다는 말과 함께 얼마 되지 않는 짐을 뺐습니다. 더 챙겨주지 못해 미안해. 네가 너무 그러니까 사실 나까지 좀 힘들더라. 언니가 말했습니다.

그 말을 들은 뒤 바닥까지 내려갔던 저는 더 이상 사람들에게 짐이 되지 않겠다는 다짐을 했고 그것은 어느 정도 효과가 있었습니다. 제 마음이라는 것은 제 마음인데도 제 마음대로 되지 않을 때가 많았지만 또 어떨 때는 그 사람과 함께 산 시간들을 잊고 사는 것이 아주 불가능한 일은 아니란 걸 잠시나마 깨닫는 순간들도 있었습니다.

물론 그 후에도 그때가 바닥인 줄 알았는데 더 바닥이 있었네 하는 고난의 시기를 몇 차례 지나왔습니다. 그 후로는 저 혼자가 아닌 엄마와 함께 바닥으로 내팽개쳐졌지요. 불쑥불쑥 모르는 사람들이 찾아와 행패를 부리며 돈을 요구했고 그 사람이 남겨둔 빚을 다 갚은 후에도 사는 것은 녹록지 않았고 그때마다 속으로는 죽고 싶었지만 실제로 그러지는 않았습니다. 왜인지는 모르겠습니다. 그냥, 그러지는 않았습니다. 그토록 사는 게 지겨웠음에도 일종의 오기라고 해야 할까요? 죽고 싶을 때마다 마지막에 그 사람 생각이 났습니다. 어디선가 아무렇지 않게 살고 있을 모습이 그려졌지요. 어쩌다 닮은 사람을 보면 다리에 힘이 풀려 주저앉곤 했습니다만 혼자서 생각해볼 땐 왠지 꾸준하게 밥을 먹으며 살아가는 모습만이 그려졌습니다. 하얀 쌀밥을 지어 먹고 주변을 둘러보며 길을 걷고 밤이 되면 하루치의 피곤함을 내려놓고 고요하게 잠드는 모습, 텔레비전을 보며 따뜻한 두부와 함께 술을 마신다거나 누군가와 이야길 하며 웃는 모습, 이를테면 어느 정도 평범한 날을 보내는…… 물론 어디선가 술에 취해 누군가를 패고 있을 수도 있겠지만 왠지 제가 너무 힘든 순간에 어디선가 평범한 모습으로 움직이고 있을 장면이 떠올랐습니다. 묘한 기분이었습니다. 수없이 저를 죽고 싶게 만들고 수없이 저를 죽이겠다고 말하던 그 사람을 생각해야 죽지 않을 수 있었던.

그 사람과 같이 사는 동안엔 단 하루도 평범한 날은 없었습니다. 태어나 보니 그 사람의 딸이었습니다. 학교에선 약간의 주눅이 들어 있었지만 그나마 나았고, 집에 있는 동안엔 늘 겁에 질려 있었습니다. 지금도 별일 없이 하루가 가면 가끔 기분이 좀 이상해지곤 하는데 그 때문일까요. 저라는 사람의 원형은 그 사람과 상관없이 원래 이렇게 형성되어 태어난 걸까요. 모르겠습니다. 아무 일 없는 하루가 다행이다 싶기보다는 오늘이 무사히 갔으니 내일은 왠지 무슨 일이 생길 것 같다는 불길한 예감이 들곤 했습니다. 하루. 아무 일이 없는 하루. 그냥 살면 되는 수많은 하루일 뿐인데, 왜 난 그게 어렵지. 왜 난 그게 안 되지. 그러나 어릴 때도 커서도 엄마에게 그런 기분들을 말한 적은 없습니다. 그것은…… 아무튼 엄마에게 지난 이야기를 꺼낸다는 건 절대 있어선 안 되는 일처럼 느껴졌습니다. 타인을 괴롭게 하는 일이니까.

어느 한낮에 나타났던 고양이는 네 마리 새끼들을 데리고 다시 캠핑장에 모습을 드러냈습니다. 전날 병원에 실려 갔던 아내 분과 함께 캠핑장으로 돌아온 김 할아버지가 고양이 가족을 가장 먼저 발견했습니다. 대견하다, 대견해, 라고 말하면서도 시선은 쭉 아내를 향해 있었구요. 아내 분은 역시 아무 말이 없었습니다. 저는 김 할아버지에게 필요한

것이 있는지 혹시 제가 신경 쓸 것이 있는지를 물었고 괜찮
다는 대답을 들었습니다. 언제든 전화를 주시라고 말하고
는 샤워실과 화장실을 청소한 뒤 관리실로 갔습니다.

아내 분 오셨어요.

어떠서?

괜찮으시대요.

고생했어. 내가 신경 쓸게.

필요하면 전화 주시라고 했어요.

잘 했어. 가서 쉬다가 와.

네, 그럼.

고생했다는 말을 들을 정도로 고생을 한 것 같진 않지
만 사장님은 늘 제게 고생했다고 말해주십니다. 그러니까
저는 지금껏 저 말을 셀 수 없이 많이 들었는데요, 들을 때
마다 제 마음을 한 번씩 쓰다듬어주는 것만 같습니다. 그동
안 살아오느라 고생했다는 말처럼 느껴져 기분이 몹시 부
드러워집니다. 저는 역시 슬쩍 기분이 좋아졌고 그래서인
지 평소보다 가벼운 발걸음으로 관리실을 나와 D의 차를
타고 근방의 캠핑장으로 이동했습니다. H의 가족이 놀러
와 있었습니다.

오후 내내 뛰어놀았다는 아이는 마스크를 쓴 채 텐트

안에서 잠들어 있었습니다. 그날의 저녁 메뉴는 소고기와 랍스터와 맵지 않은 떡볶이였습니다. H의 남편과 D는 채소와 과일을 씻겠다며 개수대로 갔고 H는 과일은 씻어 온 건데!라고 말하며 개수대 쪽으로 달려갔습니다. 저는 소고기 포장을 벗겼고 식기들을 꺼낸 다음 집게를 손에 쥔 채 랍스터는 어떻게 준비하면 될지 몰라 골똘히 머리를 굴리고 있었습니다. 그리고 그때 어디선가 낯익은 소리가 났습니다. 저는 움직임을 멈추고 그 소리를 들었습니다. 잠시 후에 잘게 갈린 파쇄석 위로 무엇인가 쓰러지는 소리가 들려왔습니다. 자갈이 밀리는 소리 다음에는 또 익숙한 소리. 그 캠핑장의 B구역은 다른 곳과 조금 떨어져 있어 우리 말곤 다른 캠퍼들이 잘 다니지 않을 길이었습니다. 해가 완전히 지지 않은 시각이었고 저는 천천히 몸을 돌려 소리가 나는 곳을 눈으로 찾아보았습니다. 그리고 그곳을 향해 걷기 시작했습니다.

엎드려.

비틀대며 손으로 자갈 위를 버티는 소리가 가까워졌습니다. 저는 금방이라도 쓰러질 것만 같아 손에 쥔 집게를 더욱 세게 움켜잡았습니다. 그 자리에 멈춰 선 채로 몇 초가 흘렀을까. 저는 천천히 숨을 골랐습니다. 아주 조금씩 그

쪽으로 다가갔습니다. 그리고 저쪽에서 다가오는 H의 실루엣을 보았습니다. 거리가 가까워졌을 때 H와 저는 눈을 마주쳤습니다. 그런 다음 H와 저는 오래전부터 익숙한 그 눈빛과도 마주하게 되었습니다. 그 아이는 그 사람의 발에 걸어차여 쓰러지고 나면 벌떡 일어나 다시 그 앞으로 가 엎드렸습니다. 수차례 같은 행동을 반복하면서도 전혀 울지 않았습니다. 그때 한 사람이 다가와 아이의 몸을 힘껏 감싸 안았고, 아이를 발로 차던 사람은 그 사람을 걷어찼습니다. H는 그날 내내 아무 말이 없었습니다. H와 제가 목격한 그 장면은 몇 달 후 방영한 드라마 속에서 주인공의 회상 장면에 쓰였습니다.

그사이 동네에는 또 하나의 빈집이 생겼습니다. 그리고 같은 시기, 새로 공사를 시작한 집도 있었습니다. 이 동네에 새로 짓는 집들이란 아무래도 세컨드 하우스일 확률이 높고 옆집 할아버지처럼 혼자 사는 어른들은 어느 시기가 되면 요양원으로 떠나가곤 했습니다. 옆집 할아버지는 아직 그 집을 지키고 있습니다. 매일 같은 시간 휠체어를 타고 밖으로 나와 라디오를 듣곤 하면서요. 한번은 장기하 노래에 맞춰 리듬을 타고 계시기에 저도 모르게 물끄러미 할아버지를 바라본 적이 있었습니다. 그러곤 집으로 돌아와 고등어를 굽고 있는 엄마에게 물었습니다.

　엄마, 장기하 알아?

　장기하?

　응.

　장기하 알지.

　어떻게 알아?

　그냥 아는 거지.

　고등어를 굽던 엄마의 손목은 파스로 도배가 되어 있었습니다.

　이거 갖다드리고 올래?

　저는 엄마가 접시에 담아준 고등어 한 토막과 배춧국을 옆집 할아버지에게 갖다드렸고 감과 귤을 얻어 왔습니다. 괜찮다고 했는데도 계속 주시기에 받을 수밖에 없었고 어쩔 수 없이 받은 것치고는 맛있게 먹었습니다. 저는 제가 엄마의 자식이란 것이 좋았고 엄마가 감을 좋아해서 저는 귤을 많이 먹었습니다. 그런 평범한 하루였지만 할아버지를 바라보다 집까지 걷던 그 짧은 사이, 엄마와 감을 먹으며 텔레비전을 보고 있던 도중, 자기 전에 양치를 하다 고개를 들어 거울 속의 나와 눈이 마주치던 찰나, 이불을 덮고 누워 D와 전화통화를 한 뒤 잘 자라는 인사를 주고받은 다음 불을 끄고 눈을 감는 그 순간 순간, 오래전 그 눈빛을 떠올렸습니다. 드라마 속에서 그 아이는 친구들에게 넘어졌다고 말했습니다. 오래전 H와 제가 말하던 대로.

평생을 섬에서 고기를 잡았다던 김 할아버지 부부는 여름이 시작될 무렵 캠핑장을 떠났고 캠핑장 한 곳엔 고양이 가족의 집과 캣타워가 생겼습니다. 그리고 여전히 엄마는 종종 제 일기장을 꺼내보십니다. 저는 그냥 모른 체를 합니다. 다행히 일기장을 본 후로도 엄마가 저를 대하는 태도는 달라지지 않았습니다. 그리하여 저는 개의치 않고 계속해서 일기를 썼습니다. 엄마가 본다는 걸 알면서도 거기에 제 마음이 아닌 다른 마음들을 쓰지는 않았습니다. 오히려 어쩐지 말하기엔 쑥스럽거나 민망해서 넘어갔던 일이나 감정 같은 걸 쓰면 엄마의 마음이 조금은 편해질까 싶어 좋은 점도 있었고요. 태어나서 단 한 번도 온전하게 행복한 적은 없었다고 썼던 날의 일기를 엄마가 아직 기억하고 있다고 생각하면 두렵긴 합니다만 어쩌겠어요. 혹시 아직 기억하고 있다면, 너무 미안하지만 그건 어쩔 수 없이 엄마의 몫이겠지요.

창문을 열자 찬바람이 훅 하고 들어옵니다. 저는 마른 나뭇가지와 풀들뿐인 창밖을 바라보았습니다. 자정 무렵 책상 앞에 앉은 것 같은데 서서히 하늘이 밝아오기 시작합니다. 찬바람은 여전히 창문을 흔들고 그러니까 결국은 이렇게 되었군요. 이 세상엔 셀 수 없이 많은 시작과 순간들과 마지막이 있고 결국 이렇게. 살면서 겪은 대부분의 고난을 지나왔고 살면서 만난 대부분의 인간을 이해했고 살면서 받은 대부분의 상처를 견뎌왔고 자주 웃었다고 생각합니다만 그 사람만은 끝내 이해가 되질 않았습니다. 제가 직접 겪어서 아는 저의 기분은 이것뿐입니다.

열린 창문을 닫고, 저는 다시 책상 앞에 앉았습니다. 출근 준비를 위해 일어난 엄마가 말을 걸어옵니다.

안 잤어?

방금 깼어.

뭐 좋은 꿈 꿨어?

아니야, 아무것도.

서울의 저녁

1

사람들은 왜 자기 이야기를 할까, 곧 봄이 오는 건가 생각을 하는 사이 서울에 도착했다. 사람들이 안으로 밀려들고 있었고 나는 두껍고 둥그런 기둥 옆에 선 채로 그 광경을 낯설게 바라보았다. 팔짱을 낀 세 사람이 나를 향해 걸어왔다. 내가 움직이지 않자 그중 한 사람과 어깨를 부딪쳤다. 그 사람은 뒤를 돌아보며 나에게 욕을 했다. 나는 다른 많은 사람들을 지나 역을 빠져나왔다. 보라에게 전화를 걸기 위해 휴대전화를 꺼냈다. '조심히 와'라는 메시지가 이미 와 있었다. 나는 전화를 걸지 않고 버스정류장으로 갔다.

창가 자리가 비어 있었다. 나는 거기에 앉았고 몇 사람이 더 버스에 올라탔다. 마지막으로 예닐곱 살쯤 되어 보이는 아이와 보호자가 탔다. 버스에서 서 있으면 기사아저씨한테 혼나. 자리에 앉아야 해. 기사는 아무 말도 하지 않았으나 보호자가 말했다. 위험하긴 위험할 텐데, 이제 앉았나 싶어 뒤를 돌아보았는데 내 얼굴과 너무나도 닮은 여자를 보았다. 나는 왜인지 그 여자가 나를 보지 않도록 얼른 얼굴을 돌렸다. 순간적으로 그래야 할 것 같았다.

다행히 헤매지 않고 동네에 도착했다. 헤맬 거라고 생각했는데 헤매지 않았고 낯설 거라고 생각했는데 낯설었다. 골목으로 접어들자 트럭에서 뻥튀기를 팔고 있었다. 이거 지금 살 수 있나요? 그럼요. 오픈 준비를 하던 아저씨에게 둥그런 뻥튀기 한 봉지를 샀다. 예전에도 여기서 이것저것 사 먹곤 했었다.

보라의 집은 버스정류장에서 도보 17분 거리였다. 집 근처까지 가는 마을버스는 없었고 택시를 타기에는 너무 가까워서 그냥 걷기로 했다. 별로 춥지 않은 날이었고 버스를 갈아탈 때 연락을 했더니 호랑이슈퍼 앞에 보라가 나와 있었다.

저기 보이는 초록 지붕 집이야.

오. 거기서 우리 옛날에 살던 집 보일 것 같은데?

응. 잘 보여.

보라와 나는 재희가 먼저 떠난 뒤로 같이 살았다.

보라가 간단히 뭘 좀 먹고 나가라기에 입맛이 없어 물 한 잔을 부탁했다. 우윳빛이 감도는 찻잔에 가득 담긴 물을 천천히 마시며 뻥튀기 몇 개를 꺼내 먹었고 보라도 실은 밥이 없는데 밥을 하기는 싫었다며 뻥튀기를 먹었다.

이 잔 너무 예쁘다.

그치.

테두리가 골드인 것도 좋고.

몇 달 고민하다가 간신히 샀어.

얼만데.

12만 원.

너무 비싼데.

만약 아직 같이 살았다면 분명 보라는 그 잔을 발견하자마자 살까 말까 결정을 하기 전에 나에게 먼저 물어봤을 것이다. 그러면 나는 그 잔이 이미 보라의 마음속에 들어와 있다는 것, 보라라는 사람은 결국엔 살 거란 걸 짐작하고 단박에 더 빨리 기쁘려면 지금 당장 사, 라고 했겠지. 보라는 좀 돌아가더라도 하고 싶은 일은 꼭 하고야 마는 성격이었다. 같이 살았다고 해서 상대방의 모든 것을 안다고 할 수는 없지만 그 정도는 알았다. 보라는 슬픔이나 우울 같은 감정은 잘 감췄지만 기쁜 마음은 감추지 못하는 편에 속했다. 아마 이 잔을 처음 발견했을 때도 기쁨에 들뜬 표정을 지었을 것이다. 그리고 생각해보면 나도 슬픔을 다루는 방식엔 나름 일가견이 있지만 기쁠 때 어쩔 줄 모르는 건 마찬가지였다. 그건 그동안 기쁜 일이 잘 없었기 때문일지 모르겠다. 경험 부족. 말하자면 기쁨 부족. 나는 생각했고, 그럴 때마다 기쁜 거랑 행복한 건 아마 다른 걸 거야, 라던 보라의 말을 곱씹곤 했다.

내가 생각해봤는데 말이야.

응.

그러고 싶으니까 그러는 것 같아.

응?

결국엔 자기가 결정하는 거지.

뭘?

행동, 태도, 반응, 그러니까…… 모든 것.

모든 것……?

거의 대부분.

마음이 어떤 쪽으로 아주 많이 기울면 어쩔 방도가 없잖아.

우리가 하는 대부분의 대화는 늘 그런 식으로, 원점으

로 되돌아가곤 했다. 보라가 얼굴을 씻겠다고 말했고 나는 그사이에 쌀을 씻어 밥을 했다.

빈손으로 오더니 밥을 하네.

밥 잘 안 해 먹지?

응.

만두를 가져오려고 했는데 챙겨두고 깜빡했어.

보라가 수건으로 얼굴을 닦았다. 같이 살 때도 그랬던 것 같다. 그런 건 기억이 난다. 그때 그랬다고 해서 지금도 그럴 거라고 생각하는 건 아니다. 그냥, 종종 그때 생각을 하는 것뿐이다. 밥을 자주 하는 건 누구였는지, 청소를 자주 하는 건 누구였는지 그런 것…… 아니, 구체적으로 누가 김치찌개를 잘 끓였고 누가 머리카락 한 올만 발견해도 치우곤 했는지, 재희와 보라가 둘이 살 때 재희가 늘 마시곤 하던 차의 종류와 보라가 좋아하던 인스턴트커피 같은 것들. 나는 그들의 집에 자주 머물렀다.

보라와 재희의 역사를 말하자면 둘은 대학 입학 후부터 같이 살았다. 집을 나와야 할 이유가 있었고, 다행히 동아리 선배 소개로 아주 저렴한 방을 얻을 수 있었다. 주인 아주머니의 배려 덕분이었다. 방학 동안 공장에서 번 돈으로 보증금을 마련했고 학교를 다니는 동안에는 야간 아르바이트로 방 한 칸의 월세와 생활비를 마련했다.

보라와 나는 재희의 생일파티에서 처음 만났다. 스무 살이었고, 나와 재희가 각자 다른 대학에 진학한 뒤로 서로의 대학 친구들과 종종 어울려 술을 마시던 때였다. 보라는 재희의 대학 친구였다. 재희에게 일이 생긴 후로, 나는 내게 주어진 대부분의 시간을 그들과 함께 보내며 생활비를 보태곤 했다.

그러다 어느 봄에는 셋이 같이 산 적도 있었다. 우리는 그때 청년의 주거에 대한 TV 다큐멘터리에 출연했다. 무언가 원하는 답이 정해져 있는 것 같은 질문만 받았지만 우리는 출연자지 작가나 피디가 아니었으므로 최선을 다해 진심으로 대답했다. 꿈을 좇아 서울로 온 것이 아니라 그냥 서울에서 태어나 자랐을 뿐이라는 대답에서 약간 아쉬워하는 눈빛이던 제작진으로부터 아주 좋다, 수고하셨다, 인터뷰 끝에는 그런 반응을 받았었다. 돈을 모아 산 향수와 여러 개의 립스틱은 서랍 안에 넣었으며 고향이 서울이란 얘기는 편집되었고 우리는 가난하지만 긍정적인 청년들로 비춰졌다. 별것 아닌 얘기에도 잘 웃던 시절이었으므로 영 틀린 말은 아니었다. 실제로 화면 안에서 서로의 말끝마다 웃고 있기도 했다. 셋이 함께 맥주를 마시며 프로그램을 보면서는 보라의 연기 얘기가 오갔다. 다큐인데 연기를 했어. 너 저렇게까지 저렇지는 않잖아. 저렇게까지 저런 게 뭐야. 요즘 표현력이 좀 딸리네. 말하자면 그 정도의 기억으로 남아 있다.

저녁 전에 와?

응.

그럼 저녁은 같이 먹자.

좋지.

준영을 만나기 위해 보라의 집을 나섰다. 왔던 길을 되돌아 다시 버스정류장으로 향하다가 다른 골목길로 접어들었다. 골목이 많은 동네였고 방향은 거기가 맞을 것이었다. 몇 년 동안 살던 곳이지만 또 몇 년, 시간이 흐르는 동안 많은 것이 변해 있었다. 걷는 동안 세탁소가 많이 눈에 띄었다. 다시 서울로 올라와 세탁소를 차릴까, 왜 그랬는지 문득 그런 생각을 했다. 그러고 보니 예전에 준영과 나는 로또에 당첨되면 집을 사지 말고 서울 근교에 실내세차장을 차리자는 약속을 한 적이 있었다. 평생 일을 할 수 있어서였다.

세탁소와 마을 노인정을 지나자 작은 초등학교가 있었다. 그대로라는 건 낡았다는 뜻이 되지만 전보다 더 깨끗한 모습이었다. 교문에서 남자아이 둘이 걸어 나왔다. 그중 한 명이 다른 한 명에게 손가락 욕을 했고 그 아이는 손을 흔들어 보였다. 손가락 욕을 한 아이는 교문 바로 앞에 위치한 피아노 교습소로 들어갔다. 나는 잠시 그 아이가 밀고 들어간 교습소의 문을 멍하니 바라보다가 버스정류장을 향해 걸었다. 나는 종종 동영상 플랫폼에서 우리가 출연했던 다큐멘터리를 검색해보곤 한다. 영상 아래에는 군데군데 우리를 비웃는 댓글들이 달려 있다.

2

　준영과 만나기로 한 곳은 충무로 대한극장 앞이었다. 충무로라면 주변에 동국대학교가 있다는 것 말고는 아는 게 없는 동네였다. 20대에 두세 번, 동국대에 다니던 고교 선배와 술을 마시러 와본 적은 있었으나 그게 충무로든 어디든 상관없을 정도로 선배를 따라 술집 안에만 머물렀다. 뭘 먹었는지 전혀 기억이 나지 않았는데, 약속 시간보다 일찍 와 나를 기다리던 준영을 따라 골목에 들어서니 그제야 생각이 났다. 우리는 영덕이라는 지명이 들어간 식당으로 들어갔다.

자리에 앉은 준영이 검정 모자와 검정 코트를 벗어 의
자에 걸쳤다. 셔츠와 바지 그리고 혹시나 해서 내려다본 양
말과 신발마저 검정색이었다. 나는 모자는 없었지만 네이
비색 코트를 벗어 의자에 걸쳤다. 불현듯 그를 처음 만났던
날이 떠올랐다. 왜인지 둘 다 빨간색 옷을 입고 있었던 그
날. 빨간 초장과 함께 준영이 주문한 막회가 나왔다. 나는
준영의 잔에 술을 따랐다.

언제 올라왔어?

좀 전에.

어떻게 지냈어?

내가 먼저 물으려고 했는데 술을 따르는 사이 준영이
물었다.

뭐…… 어디서부터 얘기할까.

정말 모르겠어서 그가 따라주는 술을 받으며 물었다.

시간순으로 할까, 사건순으로 할까?

시간 순으로……

라고 말하며 준영이 술잔을 입으로 가져갔다. 식당 안
은 그새 사람들로 가득 차 문을 열고 들어선 사람들은 밖에
놓인 간이 테이블에 앉아야 했다.

오랜만이다.

3년 만인가?

응. 그 정도.

어머니 요즘 어떠셔?

응. 요즘엔 건강하셔.

진짜 다행이다. 힘들었지?

응. 처음에는 좀 겁을 먹은 채로 갔어. 우리 옛날에 여행 갔던 데서 멀지 않은 곳이었는데 그때 거기가 좋았던 게 생각나서 가끔 니 생각 했었어. 살면서 가장 꿈같은 날들이었거든. 니가 키우던 강아지랑 같이 농다리를 건널 때…….

아, 나도 생각나. 산모기 때문에 며칠 동안 온몸이 난리였던 것도.

맞아.

거기 산다고?

그렇게 됐어. 처음엔 제주 같은 데가 고향이면 좋았겠다, 그런 생각도 했었지. 사람들이 하도 좋다고 하니까 엄마랑 나도 그런 좋은 데서 지내다보면 좀 나아질까 해서. 아무튼 진천에 가서는 엄마가 하던 일부터 이어서 했지. 한세 달인가는 일 끝내고 병원으로 퇴근하면 잠만 잤던 것 같아. 몸으로 일을 해선지 잠이 막 오더라고. 엄마가 날 돌본 건지 내가 엄마를 돌본 건지 모를 만큼 잤어. 그러다 엄마가 퇴원을 했는데 조금 더 있어보자 싶더라. 거기 충북혁신도시라는 단지가 있거든. 터미널에서 택시를 타고 가야 하는 덴데 그때는 사방팔방 아무것도 없고 그냥 방들만 있었어. 방들이 그때 막 생기기 시작하는 중이었지. 버스정류장이 있지만 버스를 본 적은 없을 정도. 엄마가 거기서 혼자 아팠다고 생각하니까…… 이렇게 세세하게 다 말하길 원해?

응. 너무 좋아, 지금.

준영이 고개를 끄덕였다.

그때 그 지역 원룸촌에 사는 사람들은 대부분 남자고 외국인이었거든. 여자는 거의 본 적이 없어. 편의점 하나랑 식당 몇 개만 있고. 거기 살다가 주택으로 이사를 간 게 언제더라…….

저기.

응?

그 얘기도 좋은데…… 내려가기 전에…….

전에 뭐?

왜 말 안 했어?

뭘?

우리는 말없이 술을 몇 잔 마셨다.

처음엔 그냥 답답하고…… 계속 해도 뭐가 잘 안 되니

까, 안 되도 너무 안 되니까 밥도 먹기 싫고 해서 술을 마시기 시작했지. 보라가 출근하면 아침에 조금 마시고 퇴근하기 전에 쌓인 게 있으면 병을 내다버렸어. 근데 나름 성실하게 그 시간을 지키다보니까 자꾸 마주치는 사람이 생기는 거야. 사는 게 그렇잖아. 누군가를 알게 되고 누군가에게 걸리게 되잖아. 사실 알고 지내도 이상할 것 없었어. 아랫집에 사는 아저씨였거든. 인사하고 지내는 사이도 아니었는데, 어느 날인가 병을 내다버리러 나갔을 때 말을 걸더라구. 올 것이 왔다고 생각했어. 취한 와중에도 흠칫 놀라서 뒷걸음질을 좀 쳤나? 그 아저씨가 그러더라구. 무서워하지 말아요. 아가씨가 더 무서워요.

이런.

너처럼 눈이 커다랗고 키는 좀 작은 아저씨였거든? 파란 트럭에 기댄 채였어.

준영은 술 한 병을 더 주문했다. 나는 들고 있던 잔을 비우고 콩나물국 한 수저를 떠먹었다.

무슨 일이 있는지는 모르겠지만 술을 줄이는 게 어떠냐고 하더라고. 그런 말을…… 난 들었어. 응. 그래. 그런 말을 들었지.

그때 왜 기대지 않았어.

그 아저씨한테?

나한테.

침묵이 흘렀다. 그러니까 잘 모르겠지만 기대는 거 그
거 어떻게 하는 건지 잘 몰랐기 때문이 아닐까 생각했지만
말하진 않았다. 말한다고 한들 준영이 그걸 이해해줄지 알
수 없으니까. 그걸 왜 몰라? 그런 소릴 듣고 싶지 않았다.

내가 기댈 만한 사람이 아니어서 니가 더 힘든 건 아닌
가, 그런 생각을 했었어.

그때 우리 진천에서 샤인 머스캣 처음 먹어봤지?

응?

샤인 머스캣.

아, 있잖아. 아무튼 내가 잘못한 것 같아. 미안해.

말을 돌려보려 했는데 잘 안 됐다.

시시하지?

시시한 건 모르겠고 아니, 조금도 시시하지 않고 미안
하단 말을 하려고 만나자고 했어.

사건순으로 다시 해볼까?

마른 김을 집으며 내가 말하자,

정말 미안해.

준영이 말했고 어쩐지 슬픈 분위기가 우리를 감쌌다.

사건순으로 하면 재밌어질 수도 있어.

　역시 준영의 표정은 밝아지지 않았고, 그때 옆 테이블에 있던 한 사람이 일어나다 중심을 잃으며 우리 테이블 위로 쓰러졌다. 이 집을 맛집으로 만들었다는 초장이며 소주잔, 숟가락과 젓가락이 바닥으로 나뒹굴었다. 그릇들이 떨어지는 소리가 요란했다. 동영상을 찍던 일행은 손에 든 카메라를 내려놓으며 황급히 그 사람을 일으켰다. 그는 우리에게 술값을 전부 계산하겠다고 말했고 우리는 엉망이 된 테이블을 정리했다. 우리의 옷엔 약간의 음식이 쏟아졌으나 둘 다 어두운 색이어서 겉으로는 티가 나지 않았다. 준영은 물티슈로 옷에 묻은 음식들을 훔쳐냈다. 그리고 서둘러 코트를 입고 식당을 나왔다.

　갈 곳을 잃은 우리는 잠시 골목 입구에 멈춰 섰다. 어디 가지, 라며 준영이 휴대전화를 꺼내들었다. 사실 내가 얼마 전 준영의 연락을 받고 그를 만나려 한 것은 고마웠다는 말을 하고 싶어서였다. 보라의 연락을 받고 일하는 가게에 휴가를 내고 나니 자연스럽게 준영 생각이 났다. 그 주에는 오랜 친구들에게 세 번, 연락이 왔다. 보라, 준영 그리고 십몇 년 전에 과외하던 학생까지. 그냥 연락했다는 사람은 없었다. 모두, 내게 할 말이 있었다. 나는 아직도 종종 재희와

주고받은 문자 메시지들을 다시 보곤 한다.

　　오늘 준영을 만나지 않으면 오래 후회로 남을 것 같다는 생각에 용기를 냈는데 막상 만나고 보니 요즘 어떻게 지내냐는 말도, 미안하다는 말도 그가 먼저 하게 되었다. 왜지. 모르겠지만 준영과 헤어지기 전에는 나도 그 말을 들려주고 싶다고 생각했다. 어떤 말과 마음들은 그때가 아니면 영원히 할 수 없게 되곤 하니까. 그러니까 하고 싶은 말을…… 정말 해야 하는 순간에 하리라고. 얘기를 좀 하다보면 자연스럽게 그런 순간이 오지 않을까, 헤어지기 전에 다만 그런 순간이 한 번만 왔으면. 그런 생각을 했다.

　　다른 횟집 갈래?

　　횟집?

　　아니면 한옥마을 갈래? 꽤 볼 만해.

　　나 한옥 살아.

　　거긴 달라.

　　이대로 헤어지는 건 싫고…….

　　아직 아무런 말도 못 했으므로 툭, 그런 말을 내뱉고 말았다.

　　응. 조금만 더 같이 있자.

　　준영이 휴대폰을 꺼냈고 비둘기 두 마리가 천천히 우리

주위로 다가왔다.

아무 데나 가자.

근처에 아는 곳이 있어.

앞장선 준영을 따라 걷기 시작했다. 원래는 저녁에 여는데, 사장님과 가까운 사이여서 혹시나 하고 연락을 드렸더니 마침 근처에서 점심을 먹고 있었다며 지금 와도 좋다는 대답을 들었다고 한다. 맥주와 위스키를 파는 곳인데 손님들이 신청하거나 사장님이 틀어주는 음악이 너무 좋아서 네가 계속 서울에 살았다면 아마 단골이 되었을 거라고, 준영이 말했다. 그리고 아마 재희도 많이 좋아했을 거라고. 준영이 재희 이야기를 편하게 할 때면 나도 조금 마음이 편해지곤 했다.

15분쯤 걸린다기에 큰길 쪽으로 나가 주변 상점들을 구경하며 걸었고 작은 전파사 앞에서 왔던 길을 되돌아 걸었다. 걷는 동안 오토바이 몇 대가 우리 곁을 지났다. 나는 문득 시간이 흐르고 있다는 것을 실감했다. 그리고 시장 골목과 작은 골목들, 인쇄소 몇 곳을 지났다. 오래전 그즈음으로 돌아온 기분이었고, 분명 두렵겠지, 했던 짐작이 틀렸다는 것을 느끼고 있었다.

진상 아니야. 안 되면 안 된다고 하셨을 분이야.

나 아무 말도 안 했어.

진상 아니야. 안 되면 안 된다고 하셨을 분이야. 진상 아니야. 안 되면 안 된다고 하셨을 분이야. 진상 아니야. 안 되면 안 된다고 하셨을 분이야…… 그리고 두 번의 미안하다는 말…… 나는 준영의 발끝을 쫓으며 정말 내가 가만히 있었는데 그가 그렇게 생각한 것인지, 사실은 내가 오랜 시간에 걸쳐 그를 먼저 말하는 사람으로 만든 것인지를 생각했다. 넌 왜 자꾸 내 이야기를 들으려고 하는 거야. 묻지 못했고, 준영의 발뒤꿈치를 찰 것 같아 걸음을 늦추며 고개를 들었을 때 그의 어깨 위로 오후 햇살이 쏟아지고 있었다.

한쪽 벽이 LP로 가득 찬 어둑한 실내엔 조용한 음악이 흐르고 있었다. 그때로부터 시간은 흘렀고 내 취향은 아직 그대로인 모양이었다. 사장님은 곧 돌아오겠다는 말을 하고 가게를 나갔다. 우리는 의자에 코트를 벗어 걸어두고 맥주와 와인이 가득 차 있는 냉장고 앞으로 갔다. 위스키와 꼬냑은 바에 죽 늘어서 있었다.

여긴 자기가 원하는 걸 직접 꺼내다 먹는 방식이야. 계산은 마지막에 하고.

그렇구나.

자기가 마신 만큼 나중에 책임을 져야 돼.

오늘은 내가 니 것까지 책임질게.

왜?

나도 너한테 미안하니까.

…….

진짜야.

준영은 정지화면처럼 한동안 움직이지 않았다. 나는 그 얼굴을 더 볼 자신이 없었고 돌아서서 독일 맥주를 꺼냈고 냉장고 앞에서 잠시 그를 기다렸으나, 그러니까 그의 이야기를 듣고 싶었으나 그는 얼마간 움직일 생각이 없는 것 같았다. 일을 마치고 집에 들어와 벽에 기대어 예능프로그램 같은 것을 볼 때면 옆방에서 간간히 웃음소리가 들려왔다. 그럴 때면 나는 재희와 준영과 보라를 생각했고 그때 중요하다고 생각했던 것들과 지금 중요한 것들, 그런 것들을 생각하곤 했다. 내가 맥주 한 병을 꺼내 자리로 돌아왔을 때 준영은 냉장고 앞으로 갔다. 그리고 내가 맥주를 다 마실 때까지 그는 내 옆으로 오지 않았다. 냉장고 앞에서, 천천히 울었을까. 그 앞에서 어떤 생각을 했을까. 누군가 울고 있는 이유를 시간순으로 말하자면 너무 먼 일일 것 같았기 때문에 나는 한쪽 벽에 걸린 모니터를 바라보았다. 화면 안에서 기차가 하얀 눈길을 달리고 있었다.

3

6시가 조금 넘어 동네로 돌아왔고 보라와 복권을 사러 갔다. 7시 약속이니까 그 전에 들르자는 것이었다.

쉬는 날마다 복권을 사고 막걸리 한 잔을 마시는 게 루틴이 되었어.

마시면서 넷플릭스?

왓챠.

개를 산책시키는 사람과 자전거를 탄 사람이 우리를 지나쳤다. 벽에 기대 담배를 피우고 있는 사람, 오래된 미용실 앞에서 울고 있는 사람을 보았고 부동산 앞에 주차된 흰색 차의 보닛 위엔 고양이 한 마리가 올라앉아 있었다. 그 골목으로 택배 차량이 들어섰다. 보라와 나는 구석으로 가 걸음을 멈췄다가 차량이 지나간 후 다시 걸었다.

준영이는 어떻게 지낸대?

과장님 됐대.

여자친구는?

그것까진 안 물어봤어.

사실 얼마 전에 같이 재희한테 갔다 왔어.

그랬구나.

응. 다른 애들 셋이랑 같이.

그때 얘기 많이 못했구나?

응. 다른 애들도 있고 하니까 별 얘기 못했어. 누구 결혼식이나 장례식에서나 보지 평소엔 연락을 거의 안 하고 사니까 물가 얘기, 주식 얘기 그런 거 했지.

복권가게는 원래 벽지를 파는 곳이었는지 빛바랜 벽지들이 사방에 붙어 있었다. 보라는 1000원에 당첨된 즉석복권을 교환하고 로또를 구입했다.

3000원 사서 되겠어요?

복권가게 주인이 말했고 나는 보라가 그 자리에서 즉석복권을 긁는 것을 뒤에서 지켜보았다. 뒤이어 온 사람들이 자동 만 원이요, 자동 5만 원이요, 수동이에요, 10만 원. 여기 용지 가져가세요!라고 말하는 것을 들었다. 두 개의 별과 반짝임, 꽝. 보물상자와 랜턴, 꽝. 보석과 트로피, 꽝. 그리고 무언지 알 수 없는 그림이 나왔지만 아무튼 같은 그림은 아니었다. 보라는 동전을 꽉 쥔 채로 고개를 숙였다.

보물선과 관련된 이미지들인가?

침몰한.

집 근처의 작은 태국음식점은 보라와 성민이 자주 가는 곳이라고 했다. 나는 태국어로 된 간판은 읽을 수 없었지만 들어서자마자 맞닥뜨린 실내 인테리어로 그곳이 태국음식점이라는 걸 알 수 있었다. 출입문과 가까운 자리에 앉아 우리를 반기는 사람이 성민인 것 같았다. 가벼운 인사를 하고 자리에 앉자 곧 그가 미리 주문해둔 음식들이 차례로 테이블 위에 놓였다.

얘기 많이 들었어요.

안녕하세요.

아, 얘기를 왜 많이 들었냐면 제가 많이 물어봤어요.

네. 별거 없었을 텐데.

사람 다 별거 없죠. 많이 드세요.

성민이 웃었고,

오늘 제가 살게요, 많이 드세요.

내가 말했다. 별거 없다는 말을 어떤 마음으로 했는지 조금 알 것 같았고 편안했다.

제가 사야죠.

오늘은 제가 그러고 싶어서요.

안 되는데……라며 성민이 보라를 바라보았고,

다음에 사면 되지.

보라가 말했다. 다음. 그렇지, 웬만하면 다음이 있지. 다음이 있다는 마음으로 살았고 꽤 오래 그 생각을 지웠었지만 이제 다시 다음을 당연하게 여기곤 한다. 다신 없을 것 같은 말이라고 확신했던 날들과 너무 행복하게 살지 말자고 다짐하던 날들이 지나간 뒤에 남은 것, 보라와 나는 그것들을 함께 나누고. 그러니까, 그런 사이가 되었다.

손님들이 하나둘 자리에서 일어나 어느새 가게 안엔 우리만 남아 있었다. 쌀국수 하나를 나눠 먹고 일어나자고 보라가 말했다. 주문한 쌀국수를 내려놓으며 사장은 옆 테이블 의자를 끌어와 앉았다. 맛이 괜찮았어요? 나를 보며 묻기에 고개를 끄덕였다. 사장님이시라고, 성민이 소개하며 빈 잔에 맥주를 따랐다.

요즘엔 좀 어떠세요?

보라가 묻자

너무 슬프지 뭐.

사장이 대답했다.

제가 우울증이거든요.

사장이 맥주를 마시며 다니는 병원에 대해 말했다. 세 군데 병원을 거쳤고 요즘엔 많이 좋아지고 있는 것 같다고 했다. 우리는 쌀국수를 먹으며 그의 이야기를 들었다.

아, 저희 신혼집 주인이 몇 살인지 알아요?

성민이 말했다.

07년생이면 몇 살이지?

보라가 말했고 나는 열다섯 살이라고 말했다. 우리는 한바탕 크게 웃었고 내가 진천에 산다 말했더니 사장님이 관심을 보였다. 보라가 다음에 함께 놀러 가도 되는지 묻기에 당연히 된다고 대답했다.

맞다. 호랑이슈퍼 주인 바뀌었어.

보라가 말했다.

정말?

왜인지 대대로 그 자리에 계실 줄 알았기에 놀랐다.

아주머니 정말 좋으셨는데.

그치.

어디서 뭐 하고 계실까.

그러게. 정말 궁금해.

농담이라곤 하나 없는 술자리가 이어지는 동안, 어쩐 일인지 사진을 몇 장 찍었다. 그리고 자정 무렵 식당에서 나와 손을 흔들며 헤어졌다. 사장님은 이 정도는 내일 치워도 된다며 집이 있는 건물 이층으로 올라갔고 성민이 우리를 데려다주겠다고 했지만 보라가 괜찮다고 했다. 도착하면 연락하자고 말한 뒤 횡단보도를 건너는 성민의 뒷모습을 바라보던 보라와 나는 어두운 밤 골목을 천천히 걸어 재희와 살던 집 앞에 멈춰 섰다. 불은 꺼져 있었다.

여기 그립지 않았어?

늘 그립지. 넌 매일 여길 지나겠네.

응.

그럼 기분이 어때.

어떨 것 같아.

집으로 돌아와 차례로 몸을 씻고는 보라의 방에서 맥주 한 캔을 나눠 마셨다. 보라는 성민에게 받은 사진 몇 장을 다시 내게 보내주었다. 나는 사진 속에서 젓가락을 든 채로 웃고 있었다. 보라는 내가 이사를 가던 날의 이야기를 꺼냈다. 담담한 목소리였다. 나는 그날 보라가 어떤 밤을 보냈을지 상상해보곤 했지만 말은 못했다.

서울 다시 안 와?

올 수도 있을 것 같아.

근데 있잖아.

응.

보고 싶었어.

진심이었고 웃길 바랐는데 보라는 울었다. 평소 거의 울지 않는 보라. 나는 보라가 운 김에 더 울라는 의미로 봉투를 내밀었다.

알다시피 선물 사는 센스가 좀 없어.

마음에 들게 넣었네.

보라가 웃으며 말했다.

내가 왕만두를 좀 잘 빚더라고.

나는 우리 주변에 널브러져 있던 휴지들을 휴지통에 넣었다. 그리고 한때 내 방이었던 방에 누웠다.

4

보라와 나는 음식 준비를 위해 호랑이슈퍼에 갔다. 둘다 한 번도 제사를 지내본 적이 없었기에 엉터리일 것 같았지만 그래도 해보기로 했다. 처음엔 인터넷을 검색해 상의를 했으나 어차피 집집마다 조금씩은 다르다고 보라가 말했다. 너무 다른 것 같다고 나는 생각했지만 이번엔 이렇게하자고 결론이 났다. 나름 흉내를 내려고 소고기국과 세 가지 나물과 전 세 종류는 하기로 했다.

이 꼬치는 엄마 살아 계실 때도 못 먹어봤어.

해보자.

술도 사야지.

술?

크고 긴 술 있잖아, 왜.

모든 재료를 사고 긴 꼬치를 찾지 못한 보라가 주인에게 위치를 물었다. 밝은 갈색 단발머리의 주인은 일회용품 코너를 조금 살펴보더니 다 나가고 없다고 말했다. 이쑤시개로 가능할까, 그런 얘기를 하며 계산대에 섰을 때 주인이 아래 서랍장에서 포장재가 찢어진 꼬치를 꺼내며 말했다.

혹시 이거라도 괜찮으시면 그냥 가져가시겠어요?

오, 감사해요!

1500원밖에 안 하는데 뭘 그렇게 좋아하세요. 포인트 번호요?

공일공 칠구사구…….

우리는 봉투를 나눠 들고 슈퍼를 나왔다. 쌀쌀했지만 입김이 나올 정도는 아니었고 햇살이 밝았다.

묘하게 기분이 나빠…….

보라가 말했고 나는 고개를 끄덕이며 조금 웃었다.

당근라페 먹어봤어?

처음 들어봐.

모든 음식을 망친 뒤 집을 나섰고 횡단보도에 서서 신호를 기다리는데 보라가 전에 옆집 살던 여자 이야기를 들려주었다.

　토요일이어서 집에 있다가 세탁소에 가는 길이었나. 이 삿짐을 내리는 걸 보게 되었어. 그 후로 한두 달은 마주친 적 없이 지냈는데 어느 날 저녁에 퇴근하고 집에 왔을 때 문 앞에 작은 종이 가방이 있었어. 주위를 둘러보고는 일단 들고 들어와서 열어봤지. 가방 안에는 먹을 것들과 쪽지가 같이 있었어. 옆집 사람인데 다 먹지도 못하면서 장을 보는 습관이 있대. 비어 있으면 사고 싶고 꽉 차 있으면 답답하다나. 부담 갖지 말고 먹으라고 하더라. 대신 자기는 빨래를 많이 한다고, 좀 시끄러울 수 있다고, 너무 시끄러우면 꼭 얘기해달라는 내용이었어.

　그 여자가 빨래를 많이 한다는 건 어느 정도 알고 있었어. 가끔 평일에 쉬는 날 낮에 집에 있으면 여지없이 빨래 돌리는 소리가 났으니까. 한번 하는 것 같지가 않았고 몇 번씩 하는 것 같았어. 그 여자가 가장 자주 준 음식이 당근 라페였어. 아무튼 난 그 여자가 주는 것들을 부담 없이 먹었는데 그래도 너무 많이 받았다 싶을 때마다 커피나 빵을 옆집 문 앞에 놔두기 시작했어. 집에 있는지 없는지는 몰라도 가끔 그렇게 놔두고 왔어.

　그러던 어느 날인가, 빨래 돌리는 소리가 나기에 집에

있는가 보다 하고 퇴근길에 사 온 빵을 주러 옆집엘 갔어. 막상 얼굴을 마주친 적은 아마 그때가 처음이었을 거야. 노크를 하고서도 한참을 나오지 않기에 그냥 돌아서려는데 문이 열렸어. 그 사람이 울면서, 문을 열어준 거지. 문을 여니까 세탁기 소리가 더 크게 들리더라. 나는 종이봉투에 든 빵을 내밀었어. 이거 드세요. 그렇게만 말하고 돌아서는데 그 여자가 말했어. 매일 울진 않는다고, 그렇게. 네, 대답하고서 집에 돌아왔는데 꼭 매일 울 것만 같더라.

　신호가 바뀌고 우리는 길을 건넜다.

　아무튼 이제 나도 당근라페 선수야.

　나도…… 나도 만두 빚는 데는 선수야.

　웃기지도 못하고 앞서 오는 몇 사람을 비켜 서며 버스 정류장을 향해 걸었다. 7분 후 도착. 엄마로부터 '서울 좋으냐'는 메시지가 왔고 나는 그렇다고 답장을 보냈다.

　재희가 있는 곳의 풍경은 그대로였다. 봄에는 봄의 풍경으로, 여름에는 여름의 풍경으로, 가을에는 가을의 풍경으로 재희는 우리를 맞았다. 언제부터 거기 있었는지 쌀쌀한 와중에도 한 무리의 사람들이 소풍을 온 듯이 모여 앉아 있는 모습을 보았다. 멀리서 웃음소리가 들려왔고 보라와 나는 잠시 벤치에 앉아 전광판에 뜬 문구들을 읽다가 안으로 들어갔다. 꽃, 사람, 꽃, 사람, 꽃, 사람, 꽃, 사람들을 지났다.

재희야. 그동안 어떻게 지냈어.

재희에게 물은 다음에 대답을 조금 기다렸다. 나는 다시 재희의 이야기가 듣고 싶다.

일산에서 서울로 돌아오는 길에는 지하철을 탔다. 토요일 저녁이고 누군가를 기다리는 것 같은 사람들이 역 근처에 거리를 두고 서 있었다. 머플러를 고쳐 매거나 휴대폰을 보고 있는 익숙한 풍경이었다. 저녁이 되어 기온이 떨어진 데다 배가 좀 고팠던 우리는 평소보다 좀 빨리 걸었다.

이 동네랑 아주 비슷한 동네가 유럽에도 있더라.

유럽?

응.

유럽 어디?

어디였더라, 나라 이름을 골똘히 생각하고 있는데 호랑이슈퍼 앞에서 누군가 구토를 하고 있었다.

정신 좀 차려요!

누군가 뒤에서 소리쳤고

네! 네!

구토를 하던 남자가 대답을 하며 몸을 일으켰다. 뒤를

돌아보자 조금 떨어진 곳을 지나던 한 여자가 일행의 등짝을 치며 정신 좀 차리라고!라는 말을 반복하며 웃고 있었다.

우리는 집에 들러 오전에 만든 음식을 챙겨 보라와 성민의 신혼집으로 갔다. 교회와 맨션들, 쓰레기들, 식당, 이발소, 목공소와 가구공방과 카페, 김밥천국을 지나는 동안 들려오던 오토바이 시동 거는 소리가 멀어졌다.

깨끗한 외관의 빌라에 도착했다. 맨 꼭대기 층이 그들의 집이었다. 잘 다녀왔느냐고 성민이 물었고 우리는 그렇다고 대답했다. 다음엔 같이 가자고 성민이 말했다. 나는 목이 몹시 말랐다.

맥주 먼저 먹어도 돼요?

그럼요. 셀프예요. 맘껏 드세요.

그게 무엇이든, 나갈 때 책임지기만 하면 되는 모양이었다. 나는 냉장고에서 캔맥주를 꺼내 마셨다. 그리고 보라와 성민을 도와 저녁상을 차렸다. 한 캔을 다 마셨을 때 최근 가깝게 지낸다는 그들의 동네 친구 둘이 도착했다.

춥지?

갑자기 웬 케이크야?

넌 파티를 원치 않겠지만 우리가 저질렀어.

그거 어디서 들어본 대산데?

똑똑해.

기분 너무 좋다. 저 말을 하려면 파티를 원치 않는 사람이 있어야 했거든.

보라와 성민이 결혼식을 따로 하지는 않기로 해서 준비한 모양이었다. 태국음식점 사장님은 토요일이라 많이 늦을 수도 있다고 성민이 말했다. 올해가 오고서는 첫 모임이라며 보라가 친구들에게 나를 소개했다. 그들은 각자의 계획에 대해 이야기했고, 사람들은 그 얘길 들었다. 이 동네에 살다가 옆 동네로 이사를 갔다는 정연과 나는 특별한 계획이 없었다.

피곤하면 너무 과부하 되지 말라고 아데노신이라는 물질이 나오거든요. 뇌를 천천히 쓰라는 거죠. 그 아데노신이라는 물질의 분비를 카페인이 막는다고 해요. 그래서 요즘 카페인 섭취를 좀 조절하고 있어요.

영목이 커피를 마시며 말했다. 그는 이어서, 담배도 끊었어요. 생각이 막힐 때마다 담배를 피웠는데 담배를 피우면 막 갑자기 아이디어가 떠오르거든요. 뇌에 여러 영역을 붙게 해주는 아세틸콜린이라는 물질이 나와서 그렇대요. 근데 그게…… 잠시만요, 담배 얘기하니까 너무 피우고 싶네, 라고 말한 뒤 담배를 피우러 갔다. 어리둥절한 표정을 짓는 내게 보라와 성민은 당황할 필요는 없다며 영목 씨는 종종 그런다고 말했다. 정연과 나는 고개를 끄덕였고 돌아온 영목은 의지와 실행에 대한 이론을 펼쳤다. 그렇다고 영목만 계속해서 말한 것은 아니었다. 천천히 술을 마시는 동안 이런저런 이야기가 오갔다. 사람들은 이야기하는 것을 좋아했고 다른 사람들의 이야기를 궁금해했다.

자정 무렵 재희를 위한 음식이 차려졌다. 이렇게 모인 김에 기도도 하고 절도 하고 아무튼 할 수 있는 건 다 해보아요. 보라가 말했고 누군가 뭘 하든, 각자 그럴 만한 이유가 있다고 나는 생각했다.

실례가 안 된다면 함께해도 될까요.

네, 그럼요.

자기가 생각하고 싶은 사람도 같이 생각해도 되죠?

그럼요.

시간이 흐른 것뿐이라고 생각한 적이 있었다. 아무것도 알 수 없는 동안에도 시간은 흐르고 있고 이를 테면 모든 것은 그렇게 설명할 수도 있는 거라고. 그렇게 설명할 수 없다면 어떤 것도 설명할 수 없을 거라고.

이런 경우는 처음이었는데 좀 좋았던 것 같다고, 마지막으로 눈을 뜬 정연이 말했다. 우리들은 건배 같은 것은 하지 않았지만 각자 자기식대로 술을 마시며 자기 이야기를 했다. 별것 아닌 얘기들이었는데 몇 번 다 같이 웃는 순간들이 있었다.

악의는 없지만 늘 정연을 곤란하게 하는 선생님 이야기를 듣고 있을 때 벨이 울렸다. 태국음식점 사장님이었다. 사장님은 녹초가 된 채 보라에게 프랑스 자수 세트를 건넸다. 보라의 유일한 취미였다.

오늘 저한테 왜들 이래요?

보라가 말했고

보라 씨 오늘 생일이잖아.

영목이 냉장고에서 케이크를 꺼내 오며 말했다.

제가요?

보라 생일 여름인데요.

한창 더운 7월 29일인걸요.

나와 성민이 한마디씩 했다.

저번에 보라 씨가 우리 가게에서…….

제가요?

보라 씨 그렇게 안 봤는데요.

아, 그거 농담이었는데!

　사장님은 냉장고에서 맥주를 꺼내 마셨고 영목은 케이크를 내려놓은 뒤 담배를 피우러 나갔다. 보라와 정연과 나는 감탄하며 프랑스 자수 세트를 구경했고 성민은 사장님에게 저녁은 어떻게 드셨냐고 물으며 포크를 주었다. 사장님이 포크로 케이크를 떠먹으며 내게 언제 내려가느냐고 묻기에 내일 아침에 간다고 했더니 우리 가게에 와서 점심을 먹고 저녁에 내려가라고 말했다. 나는 짧은 순간 엄마의 만두 가게를 걱정했지만 나도 모르게 고개를 끄덕이고 말았다.

파주에 있는

현경에게,

아직 혜화에 사는지 궁금해.

네가 이 메일을 볼 수 있을지 모르겠다.

이틀 전 오랜만에 들어간 메일함에서 현경은 재한의 이름을 보았다. 현경은 메일이 온 날짜를 확인했다. 두 시간 전이었다. 주로 쓰는 메일을 바꾼 뒤로 거의 2년 만에 들어간 메일함 맨 위에 재한의 메일이 와 있었다. 만약 현경이 전날 메일함에 들어갔었더라면 재한의 메일은 또다시 2년 만에 읽혔을 것이고 재한이 다음 날 메일을 보냈더라도 결과는 마찬가지. 어긋났을 것이다. 현경에게는 그 정도 간격을 두고 예전에 쓰던 메일함을 확인해보는 습관이 있었다. 다른 마음 없이 모니터를 바라보던 얼마간의 시간 동안에는 재한의 메일을 클릭할 마음이 들지 않았다. 그리고 다시 받은메일함을 클릭했을 때 재한에게서 온 메일은 사라지고 없었다. 현경은 12년 전 보낸메일함에서 재한의 메일 주소를 찾아냈다.

재한에게,
파주에서 지내고 있어.

현경은 메일을 보냈다. 재한의 메일 외에는 KICOX 산업단지 안전 제안 공모제 안내, 의료테이터 인공지능 학습용 데이터톤, 개인정보 수집출처 안내, 자격증 취득 후 취업과 연계되는 국가공인 자격증 안내 메일 등이 와 있었다.

다른 건 아니고 근처에 갈 일도 있고 해서.

재한이 곧바로 답장을 보내왔다. 조금 전 보낸 메일의 수신 취소 얘기는 없이 아무렇지 않게 그렇게만 쓰여 있었다. 현경은 별다른 답을 보내지 않았고 두 시간쯤에 걸쳐 쌓인 메일들을 삭제했다. 모니터에서 시선을 돌리자 문득 열이 나는 것 같았지만 더운 건지 감기 기운이 있는 건지 알 수 없었다. 베란다로 나가 문을 열고 밖을 내다보았다. 엄마! 뭐 사 오랬지? 아파트 주차장에 선 아이가 고개를 들어 크게 외쳤다. 어느 층인지 베란다에서 아이를 바라보고 있을 엄마가 너구리!라고 대답했다. 현경은 아이가 고개를 끄덕이고, 엄마를 향해 손을 흔들고, 돌아서서 아파트 상가 편의점 쪽으로 가는 모습을 보았고 다시 나타난 아이가 묶음으로 된 너구리 라면을 들고 돌아오는 것을 보았다. 아이는 다시 엄마에게 손을 흔들었고 그러다 손에 쥔 잔돈을 아스팔트 바닥에 떨어뜨렸다. 으악! 아이가 소리치며 이리저리 여러 방향으로 굴러간 동전들을 주우러 다녔다. 손잡이가 없는 네모난 라면 번들의 포장재를 계속 잡고 있기 힘들 텐데 아이는 내려놓을 생각 없이 고개를 숙여가며 어두운 주차장을 돌았다. 다행히 그동안 주차장 안으로 들어서는 차들은 없었고 엄마! 나 다 찾았어! 아이의 외침을 들은 현경은 거실 소파로 돌아와 앉았다.

언니, 저녁은요?

응, 먹었어.

뭐 먹었어요?

너구리 한 마리 몰고 갔어.

오, 잘 몰고 갔나요?

그럼! 넌?

전 무진장 긴 갈치.

잘했네. 좋은 거 많이 먹어.

참, 낮에 당근즙 보냈어요. 하나씩 꼭 챙겨 먹기!

아휴, 뭐 하러.

구좌 당근이 너무 맛있더라구요.

고마워, 잘 먹을게.

정원과 메시지를 주고받은 현경은 너구리를 먹어야겠다고 생각했다. 정원은 거의 매일 전화나 문자메시지로 현경이 밥을 먹었는지를 묻고 챙긴다. 그러지 않아도 된다고, 잘 챙겨 먹는다고 하면 알겠다고 하고는 다음 날 또 묻곤 했다. 정원 말고 이제 현경에게 연락하는 사람은 거의 없다. 현경은 휴대폰을 내려놓고 부엌으로 가 저녁 먹을 준비를 했다. 냄비에 물을 붓고 불을 올린 다음 너구리 라면을 꺼내 면을 반으로 부쉈다. 물이 끓는 것을 현경은 그 자리에 서서 바라보았다. 물이 끓겠구나 하는 사이 물은 금세 끓었고 면은 반만 넣었다.

열흘 전 정원의 아파트에 들어온 뒤로는 낯선 장소가 주는 기분에 다른 생각이 잘 들지 않았다. 정원은 현경의 대학 후배로 고향집에 이런저런 일이 있어 해결이 될 때까지 당분간 제주에 가 있게 되었다면서 괜찮으면 여기 와서 좀 지내보는 건 어떤지 물어왔다.

언니, 파주 좋아요.

정원이 덧붙여 말했고 현경이 그러겠다고 결정을 한 뒤 얼마간의 금액을 지불하겠다고 하자 그러지 말고 베란다에 있는 식물들을 돌봐주기를 부탁했다.

아프리카가 고향인 식물들이어서 걱정이 많았어요. 또 우편물들 때문에 종종 부탁할 게 있을 것 같기도 하고요.

그래.

예전에 저도 언니네 집에서 정말 많이 잤잖아요.

그런가…….

20년을 알고 지냈으니 그럴 법도 했다. 그래도 지금 이 호의는 너무 큰 것이 아닌가 현경은 미안했다. 아직 정원이 무언가를 부탁하진 않았지만 그 열흘 사이 짧은 가을이 다 간 듯, 다음 달이면 12월이었으므로 제주로 보낼 정원의 겨울옷을 미리 준비해둬야겠다고 생각했다. 마침 며칠 전 정원으로부터 막상 와보니 생각보다 일이 길어질 것 같고 체류 기간은 자유롭게 하시되 무슨 일이 있으면 언제든 연락하라는 얘기를 들은 참이었다.

언니, 여기 바쁜 것들 좀 정리되면 초대할게요. 제주에
도 와요.

그래.

그럴 마음이 있지도 없지도 않았지만 현경은 그래, 라
고 정원에게 대답했고 부엌의 어두운 조명 아래서 라면을
몇 젓가락 먹은 뒤에는 설거지를 하면서 혜화에 남겨두고
온 준호의 흔적들을 잠시 떠올렸다.

밤부터 내린 비는 새벽녘이 되어서야 그쳤다. 빗방울은
소리 없이 아주 약했다가 투두둑 거세졌고 거세진 채로 오
래 내리다가 거짓말처럼 뚝 그쳤다. 주차된 차들은 먼지를
벗었다. 오늘은 종일 이렇게 내렸다가 그치기를 반복할 예
정이니 출근길에 작은 우산을 하나 꼭 챙기라는 뉴스가 흘
러나오는 걸 듣다가 현경은 거실 소파에서 잠들었고 아직
그 뉴스 프로그램이 끝나기 전에 깨어났다.

오후쯤이 되어서야 현경은 정원이 현경을 위해 냉동실
에 소분해서 얼려둔 떡을 꺼냈다. 근방에서 유명해 사람들
이 줄을 서는 가게의 떡이었다. '밥이 당기지 않을 때 쌉쌀
한 음료와 먹기 좋음. 달콤하고 든든해요' 정원이 남긴 메
모에는 그렇게 쓰여 있었다. 떡이 녹는 동안엔 물을 끓여

작은 티백으로 된 보리차를 마셨다. 현경은 베란다로 갔다. 이 집에 온 열흘간 집 밖으로 나간 적은 아직 없었다. 베란다 너머로는 추수가 끝난 논이 있었고 지평선 끝엔 빨간 지붕을 얹은 집이 있었다. 많은 시간을 그 지붕 끝을 바라보며 보냈다. 빨간 지붕 집은 오래된 문구점이었고 현경은 그걸 몰랐다. 어느 한낮, 여름처럼 햇빛이 강할 때는 저 집 옥상에 빨래를 널기에 좋은 날이다, 종일 그런 생각만 하던 날도 있었다. 차라리 준호가 나쁜 사람이었다면 좀 낫지 않았을까. 너무 좋은 사람이었기 때문에 지금 내가 이렇게 슬픈 게 아닐까. 문득 그런 생각이 든 날에는 혼자만 아는 자신의 이기심이 수치스럽기도 했다.

현경에게,
내일 오전에 서울에 가는데
너 시간 되면 낮에 잠깐 산책이나 할까 해서.
파주에 좋은 데 많잖아.

추신: 휴대폰 번호는 그대로인지 모르겠다.

이 메일을 볼 수 있을지, 아직 거기 사는지, 휴대폰 번호는 그대로인지 재한이 전부 모를 만큼의 시간이 지났다고 현경은 생각했다. 현경 역시 10년 전쯤 재한이 몇 년 전 결혼을 했고 아이는 둘이며 대전에 산다는 소식을 들은 것이 마지막이었다. 그땐 내가 어떤 번호를 썼더라. 요즘 현경은 자신의 옛 번호는커녕 지난 계절의 일조차도 까맣게 잊기 일쑤였다.

2시쯤…… 어때.
근처에 작은 수목원이 있대.

현경은 답장을 보냈고 메일 말미에 전화번호를 쓰려다가 말았다. 재한은 곧바로 알겠다는, 그럼 그날 보자는 짧은 답장을 보냈고 다시 현경의 번호를 묻지는 않았으며 대신 자신의 번호를 남겨두었다.

언니, 아침은요?
달콤하고 든든한 떡 먹었어.
맨날 떡 아니면 라면이야.
저녁은 떡라면 먹을까.
푸핫.
여기 비 온다.

오. 여긴 지금 날씨 최고.

좋다.

근처에 내가 다니던 뜨개방 있어요. 생각 있으면 얘기해요.

그럴게. 좋은 하루 보내.

언니도요.

좋은 하루가 뭐지. 자기가 그렇게 말해놓고도 현경은 멍하게 생각에 빠져 있었다. 좋은 하루라니. 좋은 하루를 보내라는 말을 살면서 만 번은 한 것 같은데 누군가에겐 너무 무책임한 말이 아니었을까. 습관적으로 나온, 호의의 마음이 가득한 인사말에도 현경은 괴로워했다. 음, 현경 씨는 그런 말을 들으면 상대가 무책임하다고 생각하나요? 아니요. 현경 씨도 상대가 정말 좋은 하루를 보내기 바라면서 한 말이시지요? 네. 아마 상대도 그 마음을 알 거예요. 무책임하다고 생각하지 않아도 돼요. 그런가요. 누군가의 하루까지 현경 씨가 책임질 수는 없어요. 그 사람의 하루는 그 사람의 것이니까요. 네……. 그럴 수 없다는 걸 알면서도 현경은 고통스러운 시간들을 보냈고 사람들은 현경을 아주 많이 걱정했다.

물방울무늬로 된 작은 우산을 챙겨 들고 현경은 정원

의 아파트를 나섰다. 비 예보가 있어 오전인데도 사위가 어둑한 느낌이었다. 단지를 빠져나가 버스정류장을 향해 걸었다. 검은 옷을 입은 사람이 가방 앞주머니를 활짝 연 채로 현경보다 앞서 걷고 있었다. 현경은 아무것도 들어 있지 않은 듯한 열린 가방 앞주머니를 보면서 걸었다. 전날 내린 비로 젖은 땅은 군데군데가 움푹 파여 작은 물웅덩이를 이루고 있었다. 비포장 구간을 지나자 길이 넓어지며 정돈된 아스팔트 구간이 시작되었다. 그 길을 가방 앞주머니가 열린 사람과 현경과 전동 휠체어를 탄 사람 셋이 나란히 지났다. 현경은 30분쯤 후에 시내버스에 올라탔다.

조금 전까지만 해도 버스 안에는 승객이 몇 없었으나 다음 정거장에서 많은 사람들이 탔다. 그 중 현경의 앞좌석에는 할아버지와 할머니가, 뒷좌석에는 아이와 엄마가 앉았다. 현경은 버스로 20분쯤을 갈 예정이었는데 그새 창문 밖으로 빗방울이 부딪쳐왔다.

헉! 엄마, 비 와요!

오, 그러네?

우리 우산 없잖아요!

내려서 집까지 뛰어가자, 추억도 되고 좋겠다.

전 비 맞기 싫은데 추억은 무슨 추억이에요!

아냐, 이런 게 나중에 추억으로 남는 거야.

나중은 무슨 나중이에요. 아, 비가 그쳤으면 좋겠다!

아이가 말하자 버스 안에 타고 있던 한 부부가 애가 참 솔직하고 말을 재밌게 한다며 웃었고, 현경은 두 눈을 꾹 감고 울음을 참아냈다. 빗방울은 밤보다 더 굵어져 순식간에 폭우에 가까운 모양새가 되어 있었다. 두세 정거장을 지나 현경은 눈을 떴고 아이와 엄마가 버스에서 내렸다. 몇 사람이 손으로 비를 막으며 각자 다른 방향으로 뛰어갔다. 버스에서 내린 아이와 엄마는 버스정류장 지붕 아래 서서 비를 피했다. 정류장 벤치에는 위에서 내리는 비는 피할 수 있지만 사방에서 튀는 굵은 빗방울들은 피할 수 없음에도 전혀 개의치 않는 한 아이가 게임 삼매경에 빠져 있었고 몇 발자국 뒤에는 왜인지 비를 쫄딱 맞으며 담배를 피우는 할아버지가 있었다. 할아버지는 비 때문에 눈도 제대로 뜨지 못하고 끔뻑끔뻑 하면서도 한 손으로 최대한 담배가 젖지 않게 가리려고 노력했다. 정차한 버스가 몇 사람을 내려주고 몇 사람을 태운 뒤 출발했고 버스에 올라탄 사람들 중 한 사람이 아이와 엄마가 내린 자리에 와서 앉았다. 그 사람이 꼼꼼하게 긴 우산을 접고 좌석 손잡이에 우산을 거는 소리를 현경은 들었다. 예전의 현경은 매일 날씨를 확인하는 사람이 아니었다.

　시장 입구로 향하는 이차선 도로의 절반은 이미 주차된 차들로 가득했고 인도는 한두 사람이 지나기에 알맞았다. 꺼내놓은 떡을 먹지 않고 집에서 나온 현경은 시장 입구에 있는 작은 국숫집으로 들어갔다. 비는 버스에서 내리기 직전에 그친 상태로, 길이가 제각각인 젖은 우산들이 가게 입구에 모여 있었다. 안에는 단독으로 된 테이블은 없었고 두 면의 벽에 붙은 바 형식의 테이블이 다였다. 사람들은 거기에 나란히 앉아 모두 멸치국수를 먹고 있었다. 빈자리가 하나뿐이어서 망설이고 있을 때 아주머니 한 분이 이쪽에 앉으라면서 여긴 처음 왔느냐고 물었다. 현경은 아주머니가 그걸 어떻게 알았을까, 혹시 내게 어떤 티가 나는 걸까 조금 당황했지만 아주머니의 밝은 눈빛에 이끌려 빈자리로 가면서 살짝 고개를 끄덕였다.

　이리 와요.

　현경은 그쪽으로 가서 아주머니의 옆자리에 앉았고 아주머니는 의자에 올려두었던 가방을 자기 쪽으로 가져왔다.

　오일장은 어제 섰어요. 어제 왔으면 좌판도 깔리니까 먹을 게 더 많았을 텐데.

　아주머니가 말했고 현경은 고개를 조금 끄덕이며 메뉴

판을 보았다.

멸치국수를 먹어요. 내가 쟤 엄마거든.

아주머니는 오픈된 주방에서 면을 삶고 있는 주인을 가리켰다.

쟤는 저렇게 주문이 밀려 있어도 지 속도대로만 해. 어릴 때부터 고집이 있어요.

아주머니는 그러면서 현경 대신 주문을 해주었다. 그러고는 목소리를 낮춰, 나한테도 국숫값을 받아, 지독하다고나 할까? 나도 돈을 내고 먹으러 온 거예요, 가게는 협소하지만 맛은 파주에서 최고니까, 라고 덧붙였다.

잠시 후에 현경은 아주머니가 갖다 준 국수를 먹기 시작했다. 아주머니는 현경이 먹는 도중 간간이 일어나 가게 일을 돕다가 현경에게 돌아와 어때요, 뜨끈하니 개운하고 시원하지요? 김치 더 드릴까? 말을 걸어왔다. 중간에 현경이 젓가락을 잠시 내려놓았을 때는 억지로 먹지는 마요, 사람은 다 자기 양이란 게 있잖아, 체하면 안 돼, 비도 오는데 아프면 어떡해, 라고 말했다. 일어나려던 현경은 가만히 앉아 있다가 다시 젓가락을 들었다. 아주머니는 먼저 일어나면서 현경의 어깨에 손을 올리고 말했다. 천천히 꼭꼭, 옳지, 비 올 때는 이런 뜨끈한 국수가 또 생각나잖아, 그죠?

잘게 조각난 김치를 집던 현경은 네, 라고 대답했다.

　다음엔 오일장이 설 때 와요. 1일하고 6일. 세상엔 맛있는 게 너무 많잖아.

　아주머니는 그렇게 말한 뒤 작은 가방을 왼팔에 끼고 가게를 나서며 우산을 펼쳤다. 현경은 천천히 남은 국수를 먹었다. 현경이 음식 한 그릇을 다 비운 것은 8개월 만에 처음이었다. 당장 오늘이 며칠인지도 잘 몰랐다. 전날엔 며칠인지 잠시 알더라도 오늘은 또 까먹는 식이었다. 아, 오늘은 17일이구나. 국숫집 벽에 붙은 새마을금고 달력을 보고 현경은 날짜와 요일을 알았다.

　국숫집을 나온 현경은 일렬로 늘어선 상점들 사이를 걸었다. 좁은 길이었으나 자전거에 짐을 실은 사람들이 꾸준하게 현경의 곁을 지났다. 과일 가게와 야채 가게, 정육점, 생선 가게, 건어물 가게, 곡식들과 기름을 파는 가게, 두부 가게, 시장 안에선 꽤 규모가 있는 슈퍼마켓, 생활용품 잡화점과 양말 가게, 분식집과 꽈배기와 토스트 가게, 족발을 삶아 팔거나 닭이나 새우를 튀겨 파는 가게 등을 지나면 다시 반복되었다.

　귤이네.

　현경은 투명한 봉투에 담긴 귤들 앞에서 걸음을 멈춰

섰다. 반쯤은 초록이 물든 귤이었다. 벌써 귤이 시장에 나왔구나. 벌써 그렇게 시간이 흘렀어. 현경은 문득 전통 시장을 다큐멘터리 형식으로 보여주는 텔레비전 프로그램을 보고 있는 것인가 생각했다. 겉으로 보기에 현경은 귤을 살까 말까 망설이는 사람처럼 보였다. 귤 앞에 그렇게 서 있으니까 그렇게 보였다. 아, 참. 내가 시장에 온 거지. 현경은 천천히 시장을 걸어 이것저것을 둘러보았고 단팥빵과 누룽지와 작은 플라스틱 통에 담긴 젓갈을 샀다. 돌아오는 길에는 아파트 상가 편의점에 들러 우유와 인스턴트 커피도 샀다. 저녁까지 비는 다시 내리지 않았으나 종일 비에 젖어 어둑한 날이었다. 국숫집에 정원의 물방울무늬 우산을 두고 왔다는 것은 자기 전에 알았다.

비 온 뒤 완전히 갠 하늘 아래 옅은 회색 폴로셔츠 차림의 재한이 현경을 향해 걸어왔다. 끝부터 말라가는 나무 의자에 앉아 있던 현경이 그를 발견하고 일어섰다. 햇빛 때문인지 살짝 인상을 쓴 채로 재한은 현경을 바라보았다. 둘은 주차장을 지나 매표소로 향했다. 주차된 승용차 안에서 한 사람이 자고 있었다. 재한은 잠시 걸음을 멈추고 한참 차 안을 들여다보았다.

아냐. 진짜 그냥 자는 것 같아.

재한의 말에 현경도 차 안을 들여다보았다. 차량 안에 있던 사람은 아주 조금씩 얼굴 근육과 몸을 움직였다. 그 모습을 확인하고서 둘은 가던 길을 마저 갔다. 규모가 크지 않고 경사가 완만한 수목원이어서 편한 차림의 사람들이 많았다. 사람들은 주차장을 가로질러 매표소 쪽으로 걸었고 들어가는 사람들보다 많은 사람들이 밖으로 나오는 중이었다.

여기 주차도 입장도 다 무료네.

그렇구나.

그나저나 진짜 오랜만이다.

응.

한 십 몇 년 됐나.

그런 것 같아.

잎을 떨군 나무들로부터 새 몇 마리가 날아올랐고 여기저기서 새들이 지저귀는 소리가 들려왔다. 그리고 도란도란한 어르신들의 목소리. 발소리, 발걸음을 돕는 지팡이가 땅을 짚는 소리가 들려왔다.

파주로 이사 왔어?

아니, 그냥 잠깐 와 있어.

그렇구나.

넌 아직 대전에 살아?

응.

애들은?

열두 살, 열 살, 네 살 그래.

막내가 있구나.

응.

두 사람은 매표소 옆 안내판에 찍힌, 현 위치를 알리는 빨간 점을 지나쳤다. 모자를 쓴 사람들이 지팡이를 짚거나 뒷짐을 지고 수목원 입구 계단을 향해 걷고 있었다. 계단 끝엔 작은 정자가 있었고 정자에 앉은 사람들은 바나나인지 노란 것을 손에 들고 있었다.

아침에 온 거야?

응. 거래처에 들렀다 오는 길이야. 그래도 꽤 거래한 업 첸데 얼마 전에 담당자가 바뀌었거든. 근데 너무 꼼꼼한 건지 뭔지, 늘 하던 일인데 메일로도 전화로도 소통이 안 돼서 직접 왔어. 아무리 일정 맞추는 건 불가능하다 설명해도 왜 안 되냐고 했던 말만 반복하는 거야. 전화랑 메일 주고 받은 것만 해도 수십 번은 되는데 결론이 안 나더라고.

직접 만나니까 해결이 좀 됐어?

어느 정도는. 오랜만에 봤는데 이런 얘기나 하고 미안.

아니야. 고생했겠다.

휴. 다들 고생이지 뭐.

재한이 길게 숨을 내뱉고는 마른 손을 비비고 털어냈다. 한쪽 길은 산길이었고 한쪽 길은 야자 매트가 깔린 둘레길이었다. 산길이라고 해도 평지나 다름없었지만 재한은 둘레길 쪽으로 들어섰다.

이거 밟는 느낌이 좋아서. 오, 이거 완전 프리미엄인데?

재한이 발을 구르며 말했다. 현경은 아무래도 상관없었으므로 그쪽으로 따라 걸었다. 8개월 만에 처음 하는 산책이었다.

할아버지, 지금 겨울이야?

응. 거의.

그럼 할아버지, 새해 복 많이 받아!

앞서 걷던 아이가 자기 할아버지에게 말했다.

말 잘한다, 그치.

응. 게다가 겨울에 새해가 온다는 것도 아는 거잖아.

그러게.

현경과 재한은 목소리를 낮춰 이야기를 나누며 걸었다. 아래로 보이는 휘어진 길은 잘 정돈되어 있었고 그 옆으로는 분수대가 있었다.

들어서는 입구가 되게 많네.

그러게.

다 돌고 내려와도 한두 시간밖에 안 걸린다는데 괜찮으면 일찍 저녁 먹고 가자.

그래.

지금은 비밀번호 네 자리 이상의 다른 의미는 없지만 현경의 비밀번호에 쓰이는 숫자는 모두 재한의 생일이었다. 재한의 생일을 거의 모든 비밀번호로 썼다는 사실도 잊고 지낸 지 오래였다. 현경은 재한을 다시 보게 될 거라고는 생각하지 않았다. 그리고 이제 재한의 비밀번호는 모두 첫째 아이의 생일이었으나 그 역시 무엇보다 현경의 생일에 의미를 두던 때가 있었다.

두 사람은 아래 내려다보이는 물가에 자라난 것이 갈대인지 억새인지에 대해 이야기를 나누었다. 갈대와 억새의 차이점이라면 예전에도 치열하게 토론했던 적이 있다. 토론이라기보다는 스마트폰이 없던 때였으므로 그저 술자리에서 재미로 자신의 주장을 밀어붙이던 것에 가까웠지만 둘은 함께하던 모든 시간을 즐거워했었다. 누구의 말이 맞아도 상관없던 때였으므로 그럴 수 있었다.

작은 온실이 있다는 표지판을 보고 현경과 재한은 그쪽으로 방향을 틀었다. 조금만 가도 여러 길이 나오고 거기까지 가면 또 여러 길이 나오는, 정말 많은 길이 있는 곳이었다. 그래서인지 어떤 길을 택하면 사람 하나 없이 고요했다. 온실로 가는 좁은 길은 아스팔트로 포장되어 있었고 길 양옆으론 자갈이 깔려 있었다. 현경은 꽃이 진 수국을 알아보았고 그 근처에 퍼진 풀들과 들꽃들을 바라보며 걸었다.

현경! 몸은 앞을 향하고 있는데 고개는 옆을 보잖아. 그러다 넘어져, 조심해.

재한이 말했고 말이 끝나기 무섭게 재한이 다리를 찧으며 미끄러졌다. 거래처에 들르느라 구두를 신은 탓이었다. 다행히 그는 곧 멈춰 섰고 현경은 재한 쪽으로 가서 그가 다시 다리를 오므리고 걸을 수 있도록 도왔다. 구두에 묻은 흙을 재한은 뒷주머니에서 꺼낸 손수건으로 털어내려다 말았다. 현경은 재한에게 받았던 핑크색 아이리버 MP3가 아직도 멀쩡하다는 걸 말하고 싶었지만 하지 않았다.

그 책방, 없어졌더라.

응?

같이 가곤 했던 혜화 그 책방. 만나기 전에 검색해봤어.

아.

널 생각하면 거기부터 생각이 나. 아주 없어지는 건 아
니고 다시, 음, 다시 다른 식으로 이어질 거래.

아. 다행이다.

그치. 그리고 그, 다락방 같은 카페 기억나?

다락방?

일층인데 다락방 같았던 카페.

잘 모르겠어.

나도 이름은 기억이 안 나긴 해.

두 사람이 자주 가던 그 카페 입구엔 손바닥만 한 크기
의 두꺼운 수첩이 있었다. 방명록 같은 것이었다. 거기에 뭐
라고 썼는지는 잊었지만 재한의 자세한 설명 덕에 방명록
을 기억해냈다. 어느 날 그 방명록에 재한이 혼자 글을 쓰
는 것을 현경은 본 적이 있었다. 이따가 재한이 자리를 비
우면 펼쳐서 읽어봐야지 했으나 그는 자리를 비우지 않았
고 그 뒤로 1년쯤 후에 현경은 혼자 그곳에 들렀다. 방명록
의 가장 앞 페이지에 재한의 글씨체로 사랑하는 현경에게,
라고 쓰여 있었다. 재한은 음절의 자음들을 아주 크게 쓰는
버릇이 있었다. 그날 그 방명록의 마지막 장은 현경이 채웠
다. 하루나 이틀 늦게 그 카페에 갔더라면 재한이 쓴 글을
못 볼 수도 있었을 거라고 현경은 생각했다.

책방과 카페 이야기를 조금 더 나눈 뒤 더 무슨 말을 해야 할지 모르게 되었을 때 두 사람은 온실에 도착했다.

나 잠깐 밖에서 전화 좀 할게. 들어갔다 와.

재한이 말했고 현경은 혼자서 온실에 들어가 따뜻한 온도에서 사는 식물들을 보았다. 아, 정원이 키우는 식물이다. 현경은 그 소식을 정원에게 전하고 천천히 한 바퀴를 돌아본 다음 온실에서 나왔다.

이제 난 무슨 말을 해야 할지 모르겠네.

재한이 말했다.

그냥 걸으면 되지.

현경이 말했다. 그런가, 재한이 말했고 두 사람은 이제 암석원을 지나 전망대 쪽으로 향했다. 가는 길에 재한은 세 아이들에 대한 이야기를 들려주었다. 성격이 다 달라, 너무 신기해. 재한은 아이들의 이야기를 하며 즐거워했다. 너 많이 닮았어? 사진 보자. 아냐, 아냐. 두 사람 옆에서 걷던 세 사람이 연달아 으어어억! 하면서 미끄러졌다. 현경과 재한은 그들이 일어설 수 있게 도왔다.

그…… 소식을 늦게 들었어. 가봤어야 했는데 미안해.

아니야.

준호의 장례식장엔 준호가 전에 만났던 사람들도 왔

었다. 안녕하세요. 전에 오빠랑 사귀었던 사람이에요. 그중 한 사람은 그렇게 말하며 현경을 끌어안았고 현경보다도 더 많이 울었고 지워진 화장을 고치며 구석에서 술을 마셨고 하룻밤을 보내고 갔다. 너무 많은 사람들이 왔고 그 많은 사람들은 어떻게 이럴 수가 있느냐며 그렇게 좋은 사람이 먼저 갔다고 말했다. 현경은 그곳에 온 많은 사람들을 위로하면서 이리저리 일을 처리하고 불려 다니느라 정작 중요한 것은 실감하지 못한 채로 그 며칠을 보냈다. 그리고 얼마간이 흐르는 동안 뭘 했는지 그 후로도 잘 기억하지 못했다. 어느 날은 수십 번 본 영화처럼 너무 생생하게 기억이 나는 듯싶다가도 어느 날엔 전혀 아무 기억도 나지 않아 문득문득 두려움에 압도당했다. 장모님, 이따가 뭐 드시겠어요? 난 아무 거나 좋아. 백숙이나 두부 어떠세요. 그럼 두부. 장인어른은요? 두부. 현경과 재한이 일으켜준 세 사람이 두 사람의 뒤에서 그런 대화를 하며 걸었다. 그리고 곧 두 사람을 지나쳐 앞서 걷기 시작했다.

우리 이따가 백숙 먹을까?

그래.

현경은 아무래도 상관없었고 재한은 걸으면서 휴대폰으로 식당을 검색했다.

동충하초 먹어봤어?

아니. 넌?

나도 안 먹어봤어. 우리 동충하초 들어간 백숙 먹자.

그래.

여기서 멀지 않은 것 같아.

응.

멀리서 아이들의 웃음소리가 들려왔다. 평일인데 학교 안 가고 여기 왔나 봐. 그러게. 옆에선 얇은 물줄기가 흐르고 있었고 두 사람은 상류 쪽으로 올라가려다 그리 길지 않은 다리를 마주했다.

저길 건널까.

응.

현경은 그 다리를 건너가고 싶었다. 다리 아래로 꽤 큰 연못이 있었다. 주황 무늬를 가진 물고기들이 연못 안을 헤엄치고 있었다.

저 물고기들 늘 보던 건데 이름이 생각이 안 나네.

그러게. 나도 갑자기 생각이 안 나네.

아주 많은 것을 잊었고 잊을 리가 없으리라 단언했던 것들도 기억나질 않는다는 것에 두 사람은 동의했다. 중요하지 않은 거니까 잊은 거 아닐까. 모르겠어. 다리를 건너

자 눈이 아플 만큼 잎이 빨간 단풍나무들이 서 있었고 한쪽은 낭떠러지처럼 가팔랐다. 반쯤 눈을 감고 그 구간을 지나 멀리 물레방아가 보이는 곳에 벤치 여섯 개가 놓여 있었다. 두 사람은 그리로 갔다. 현경이 벤치에 앉자 재한은 벤치 뒤 납작하고 넓은 돌 위에 앉았다.

와, 지금 날씨 너무 좋다.

재한이 말했고 현경은 하늘을 올려다보았다. 준호는 마지막에 현경에게 기분이 좋다고 말했다. 너무 일찍 먼저 가서 너에겐 미안하지만, 나는 이제 그만 아파도 되어서 좋다고. 현경이 우는 동안 재한은 뒷주머니에 넣어두었던 손수건을 꺼내 현경의 손에 쥐여주었다. 현경은 눈물을 다 닦고도 한참 동안 손수건을 꽉 쥐고 있었다.

현경. 저기 봐.

재한이 가리킨 곳에 햇무리가 있었다. 현경은 처음 보는 햇무리를 오래 바라보았고 좀 전에 벤치 구역으로 들어선 몇 사람도 두 사람을 따라 같이 하늘을 올려다보고는 탄성을 질렀다. 그들이 자리를 뜨고 한참 후에 현경은 재한에게 손수건을 돌려주었고 재한은 머뭇거리다가 그것을 돌려받았다. 현경과 재한은 그쯤에서 내려왔다. 내려올 때는 데크로 된 편한 길이 이어져 있었다.

파주에는 언제까지 있을 거야?

아직 잘 모르겠는데…… 일단 며칠은 더 있어야 해.

며칠?

응. 며칠 후에 국숫집에 가야 하거든.

국숫집엔 왜?

거기 우산을 두고 왔어.

지금 들를까?

아. 다음에 내가 가려고.

두 사람은 주차장에 도착했고, 나란히 차에 올라탔다. 현경은 재한의 차 안에서 흘러나오는 라디오에서 준호와 즐겨 듣던 노래를 들었다. 너무 보고 싶다. 너무 너무. 현경이 울 것 같은 마음을 누를 때 다음 곡이 흘러나왔다. 준호와 수없이 많이 들은 곡이었으나 또다시 제목이 기억나질 않았다. 현경은 계속해서 제목을 생각했으나 잘 되지 않았고 휴대폰 음성 인식 검색에 실패했다. 설정을 바꿔둔다는 것을 늘 미루고 미뤄 급하게 설정에 들어갔으나 왜인지 버벅거리다가 놓쳐버린 것이다. 그리고 재한은 그 노래를 작게 따라 부르고 있었다. 노래가 끝나갈 때쯤 현경은 다급하게 혹시 이 노래 알아? 재한에게 물었다. 그는 잘 모르겠다고 대답했다.

잘 따라 불렀잖아.

노래는 아는데 갑자기 제목을 모르겠어.

재한이 말했다. 왜 난 이런 설정 하나 제대로 하지 못하지. 기억할 수 있는 게 하나 더 줄어든 것 같아 절망한 사이 노래는 끝났다. 다시 듣게 되겠지. 기다리자. 준호는 날 괴롭히려고 아팠던 게 아니야. 재한이 이런저런 말을 현경에게 하는 동안 현경은 그런 생각을 했고 재한이 어떤 대답을 바라고 현경에게 말을 건 것이 아니기 때문에 현경은 혼자 있는 것처럼 생각할 수 있었다. 그사이 재한의 트럭은 백숙집에 당도했다.

적당히 먹어. 체하면 안 된다.

너도.

식당 안엔 사람들이 가득했고 두 사람이 백숙을 거의 다 먹어갈 때쯤이었다.

언니, 여기는 아침저녁으로 뛰는 사람들이 많아요.

정원으로부터 시간이 날 때 운동복과 겨울옷을 보내주길 부탁하는 메시지가 왔다. 현경은 알겠다고 답장을 보냈고 그사이 재한이 일어날까?라고 물어왔고 현경은 고개를 끄덕였다.

동충하초 맛있다.

응, 덕분에 나도 잘 먹었다.

커피 마실래?

아니, 괜찮아. 너 마실래?

나도 괜찮아.

현경과 재한은 카운터에서 그런 대화를 나누었고 현경이 계산을 한 뒤엔 박하사탕을 하나씩 나누어 먹으며 식당을 나왔다.

좀 춥다. 해가 벌써 져가네.

응, 그러네.

집에 데려다줄게. 여기 버스도 없고.

괜찮아. 대전까지 내려가려면 고생인데.

대전 금방이야.

여기 파주잖아.

현경아.

얼른 가.

가는 거 보고 갈게.

그래.

현경은 택시를 호출했다. 근처가 관광지여서인지 대기 중이던 택시가 바로 잡혔다. 식당 앞에 도착한 택시에서 경량 패딩을 입은 기사가 내려 스트레칭을 시작했다.

저 택시 같아.

현경이 말했고 재한은 고개를 돌려 종이컵에 담긴 믹스 커피를 마시며 담배를 피우는 사람들 사이로 '예약' 등이 깜빡이는 택시를 바라보았다.

빨리도 왔네.

재한은 할 말이 있는 듯 머뭇거리며 현경을 바라보았다. 그리고 현경이 택시를 향해 돌아서려고 할 때 다시 현경을 불렀다.

현경아.

응.

잘 살아.

재한은 현경을 향해 손을 내밀었다.

응. 너도.

현경은 잠깐 재한의 손을 잡았다가 놓았다. 현경아. 잘. 잘 살아야 돼. 재한이 다시 한번 말했다. 응. 잘 살게. 현경은 그렇게 말하고 '예약' 등이 깜빡이는 택시를 향해 걸어갔다.

나를 낳고, 나를 키워준 어머니께 감사하다.

나는 큰 사고를 친 적은 없지만 잔잔하게 늘 속을 썩이는 딸이었다.

그런 나를 낳고 키운 내 어머니는 내가 쓴 글을 읽지 않으신다.

책 읽는 걸 안 좋아하신다고 생각했는데,

마음이 아파서 그렇다고 하신다.

생각지도 못한 이유여서,

최근에 그 얘길 듣고 너무 놀랐다.

그렇지만 누군가는 위로를 받기도 한다는 걸

어머니도 잘 알고 계신다.

그리고 누군가 위로받았다는 사실에

나 역시 커다란 위로를 받는다는 것도 알고 계신다.

그것은 다시 어머니의 기쁨이 되고,

그래서 조용히 나를 응원하며 그냥 두는 것일지도 모르겠다.

섬세하고 정확하게 글을 살펴봐주신 최해경 팀장님과 추천사를 써주신 오은 시인께 가장 먼저, 마음 깊이 감사드린다. 〈별일은 없고요?〉는 발표 당시 준섭이가 제안한 제목이다. 이 정도까지인 줄은 모를 텐데, 글을 쓰면서 가장 기쁜 순간과 가장 지친 순간마다 난 속으로 준섭이를 크게 믿고 의지했다. 늦은 인사가 되었지만 정말 많이 고맙다고 전하고 싶다. 〈어른〉은 내가 처음으로 누군가를 정식으로 인터뷰하고 쓴 글이다. 자신의 삶과 역사를 보여주신 박경미 선생님, 유현아 선배님과의 여전한 인연에 깊이 감사드린다. 그해 가을, 서울로 올라오는 기차 안에서의 현진 언니, 자유로운 작가가 되길 바란다는 편지를 보내준 박연준 언니, 너무 늦게 도착한 소설을 기다려준 최성경 선생님, 늘 나를 응원해주는 장원익 변호사님, 안식처가 되어주는 명환과 수진, 정윤과 루다 언니, 각자의 고난이 훗날 서로에게 위로와 웃음이 될 수 있다는 걸 알려준 다영, 사랑하고 사랑하는 소중한 밤이, 그 곁의 어머니, 마지막으로, 무엇보다 소설을 읽어주시는 독자분들께 더없이 감사한 마음이다.

2023년 봄
이주란

| 수록 작품 발표 지면 |

별일은 없고요? … 《시티픽션》(한겨레출판, 2020)

사람들은 … 〈자음과모음〉 2020년 가을호

어른 … 전태일기념관 〈시다의 꿈〉 프로젝트(2019)

여름밤 … 《나의 레즈비언 여자친구에게》(큐큐, 2022)

위해 … 〈문장웹진〉 2021년 6월호

이 세상 사람 … 〈에픽 #2〉 2021년 1~3월호

서울의 저녁 … 《술과 농담》(시간의흐름, 2021)

파주에 있는 … 〈창작과비평〉 2021년 겨울호

별일은 없고요?

© 이주란 2023

초판 1쇄 발행 2023년 4월 30일
초판 2쇄 발행 2023년 5월 15일

지은이 이주란
펴낸이 이상훈
문학팀 최해경 김다인 하상민
마케팅 김한성 조재성 박신영 김효진 김애린 오민정

펴낸곳 (주)한겨레엔 www.hanien.co.kr
등록 2006년 1월 4일 제313-2006-00003호
주소 서울시 마포구 창전로 70 (신수동) 화수목빌딩 5층
전화 02-6383-1602~3 **팩스** 02-6383-1610
대표메일 munhak@hanien.co.kr

ISBN 979-11-6040-993-2   03810

• 값은 뒤표지에 있습니다.
• 파본은 구입하신 서점에서 바꾸어 드립니다.
• 이 책의 내용 일부 또는 전부를 재사용하려면 반드시 저작권자와 (주)한겨레엔 양측의 동의를 얻어야 합니다.
• 이 책은 서울특별시, 서울문화재단 '2023년 창작집 발간 지원사업'의 지원을 받아 발간되었습니다.